I0613832

ŒUVRES

DE

MARMONTEL

DE L'ACADÉMIE FRANÇAISE

AVEC NOTICE PAR M. CHARLES MONSELET

ILLUSTRÉE DU PORTRAIT DE L'AUTEUR

Et de neuf vignettes dessinées par Fœgere

HONNI SOIT QUI MAL Y PENSE

AB

PARIS

A. BARRAUD, LIBRAIRE-ÉDITEUR

RUE DE SEINE, 23

—

1879

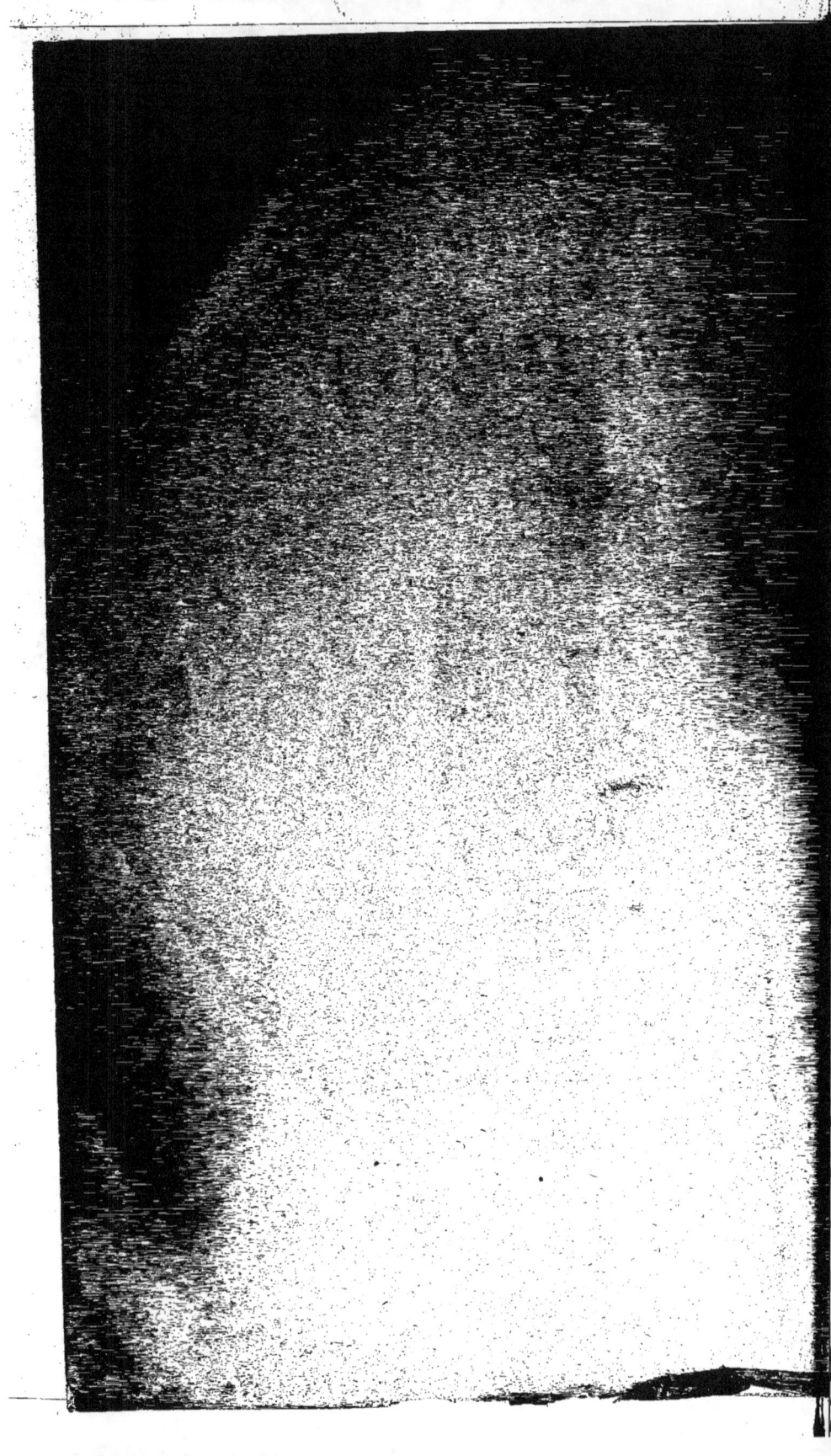

LA NEUVAINE

DE

CYTHÈRE

TIRÉ A 325 EXEMPLAIRES SUR PAPIER VERGÉ RAISIN

N°

J. F. MARMONTEL.

DE L'ACADEMIE FRANÇOISE.

Desiné par C. N. Cochin.   Gravé par Aug. de S. Aubin 1765.

LA NEUVAINE

DE

CYTHÈRE

PAR

MARMONTEL

DE L'ACADÉMIE FRANÇAISE

AVEC NOTICE PAR M. CHARLES MONSELET

ILLUSTRÉE DU PORTRAIT DE L'AUTEUR

Et de neuf vignettes dessinées par FESQUET

PARIS

A. BARRAUD, LIBRAIRE-ÉDITEUR

RUE DE SEINE, 23

—

1879

NOTICE

SUR MARMONTEL

MARMONTEL a été poète au moins une fois dans sa vie; c'est le jour où il a composé ce joli poème de la *Neuvaine de Cythère,* qui tranche d'une façon si inattendue sur le ton général de ses œuvres. Que nous voilà loin de *Bélisaire* et des *Incas!* Comme l'Académie est oubliée, et bien des choses avec elle! On savait Marmontel un ingénieux écrivain en vers et en prose; tel de ses *Contes moraux* est d'un tour aimable; ses livrets d'opéras-comiques pour Grétry ne sont pas dépourvus de grâce; mais on ne le connaissait pas *artiste* au point de ciseler ce brillant joyau de la *Neuvaine de Cythère.*

On aurait pu s'en douter cependant. A feuilleter les Mémoires du temps, et même les siens, on acquiert

a

facilement la conviction que c'était un *gaillard*, pour
nous servir d'une expression consacrée. Son encolure
de montagnard, le milieu où il se trouva jeté dès son
arrivée à Paris par ses succès précoces, le prédispo-
saient aux aventures. A vingt-quatre ans, il avait une
tragédie jouée et applaudie à la Comédie-Française.
Les salons se le disputèrent. « C'était, a-t-il raconté,
comme une mode d'attirer, de montrer chez soi l'auteur de la pièce nouvelle; et moi, flatté de cet empres-
sement, je ne savais pas m'en défendre. Tous les
jours invité à des dîners, à des soupers, dont les hôtes
et les convives m'étaient également nouveaux, je me
laissais comme enlever d'une société dans une autre,
sans savoir bien souvent où j'allais ni d'où je venais...
Une extrême facilité fut le défaut de ma jeunesse; et
lorsque l'occasion eut l'attrait du plaisir, je n'y sus
jamais résister. »

Nous voilà avertis. Ce fut cette *extrême facilité* qui
conduisit Marmontel chez Mlle Navarre, une des maîtresses du maréchal de Saxe. Marmontel fut ébloui.
« Vêtue en Polonaise, de la manière la plus galante,
deux longues tresses flottaient sur ses épaules, et, sur
sa tête, des fleurs jonquilles, mêlées parmi ses cheveux,
relevaient merveilleusement l'éclat de ce beau teint de
brune qu'animaient de leurs feux deux yeux étincel-
lants. » Mlle Navarre eut vite fait d'achever la conquête de Marmontel. Elle l'emmena (ce fut presque un
enlèvement) dans des vignes qu'elle avait en Cham-

pagne, et d'où il revint au bout de quelques semaines, la figure passablement tirée, mais avec le renom d'un homme à bonnes fortunes.

Mlle Clairon le consola du congé de Mlle Navarre. Il apprit dans cette seconde passade ce que valent les amours de théâtre, et le fond qu'on doit faire sur leur durée. La grande tragédienne lui dit un jour : « Ne venez pas souper ce soir chez mon amie *** ; vous y seriez mal à votre aise. — Pourquoi cela? demanda Marmontel. — C'est que le bailli de Fleury doit y venir; il me ramènera. — J'en suis connu, dit naïvement Marmontel; il voudra bien me ramener aussi. — Non, dit Clairon avec un sourire singulier : il n'aura qu'un vis-à-vis (voiture du temps). » Si candide qu'il fût alors, Marmontel fut forcé de comprendre.

Il alla exhaler son désespoir aux pieds de Mlle Verrières, une autre maîtresse du maréchal de Saxe. Décidément cela devenait une spécialité. Pour le coup, le maréchal faillit se fâcher. « Trouverai-je donc toujours ce petit insolent de poète sur mon chemin! » s'écria-t-il. Heureusement M. de Turenne débarrassa Marmontel de Mlle Verrières.

Sur ces entrefaites, il fut attiré chez le financier La Popelinière. C'était tomber de Carybde en Scylla. La Popelinière était un viveur éreinté, qui portait des défis à son impuissance en donnant des fêtes qu'on qualifiait de sardanapalesques. Il avait un théâtre desservi par des chanteurs et des danseuses *à demeure*.

Marmontel se trouvait bien loti! « Le corridor où je
logeais était le plus souvent peuplé de filles de spectacle. Avec un pareil voisinage, il était difficile que je
fusse économe des heures de mon sommeil et de celles
de mon travail. »

Aussi ne tarda-t-il pas à éprouver le besoin de
rompre avec cette *vie de corridor*. Lorsqu'il fit part de
sa résolution à La Popelinière, celui-ci s'étonna et
chercha à le retenir. « Vivons ensemble, lui dit le fer-
mier général; j'ai assez de fortune pour nous deux.
Je n'ai point d'enfant, et, *grâce au ciel*, je n'en aurai
jamais. Ne nous quittons pas; je sens tous les jours
que vous m'êtes plus nécessaire. » Malgré ce que ces
offres avaient de séduisant, ou plutôt à cause de ce
qu'elles avaient de trop séduisant, Marmontel tint bon
et partit. La Popelinière se consola en écrivant les
Tableaux des mœurs du temps, qu'il fit imprimer à un
seul exemplaire, et qui, avec les miniatures, lui revint
à une trentaine de mille francs.

Avais-je raison de dire que Marmontel était un
grivois, et commence-t-on à saisir les ressorts de
l'inspiration qui devait un jour lui dicter la *Neuvaine
de Cythère?* Son époque ne s'y est pas trompée : tous
les gazetiers, Bachaumont en tête, sont d'accord pour
le traiter de héros de ruelles. Il est vrai qu'à cette
épithète ils accolent volontiers celle de *lourdaud.* Mais
n'est pas lourdaud qui veut dans les combats de Vénus.
Marmontel montrait une certaine ingénuité dans son

libertinage; le trait suivant finira de le dépeindre. Il avait
accompagné aux eaux de Spa deux jeunes femmes de
la cour, Mme de Séran et Mme de Marigny; elles lui
parlèrent un jour de la baigneuse qui leur donnait
leurs soins, et qui, selon elles, aurait pu servir de
modèle pour une statue d'Atalante ou de Diane. « *Comme
j'avais le goût des arts*, dit Marmontel, je fus curieux
de la connaître : j'allai la voir, je la trouvai belle, en
effet, et *presque* aussi sage que belle. Nous fîmes connaissance; une de ses amies, qui fut bientôt la mienne,
voulut bien nous permettre d'aller quelquefois avec
elle goûter dans son petit jardin. Cette société popu-
laire, *en me rapprochant de la simple nature*, me rendait assez de philosophie pour conserver mon âme en
paix auprès de mes deux jeunes dames, situation qui
sans cela n'eût pas laissé d'être pénible. »

Que dites-vous du bon apôtre et de sa façon de se
rapprocher de la simple nature?

C'est un fait acquis que l'on commença à parler de
la *Neuvaine de Cythère* vers 1770. Depuis combien de
temps Marmontel s'occupait-il de cette composition
folâtre? Avait-elle jailli tout à coup de son cerveau, ou
l'avait-il lentement conçue et exécutée? On n'en a
jamais rien su; on apprit seulement un jour qu'il en
faisait des lectures intimes, très goûtées derrière l'éven-
tail. C'est merveille si la *Neuvaine de Cythère* échappa
alors à l'impression clandestine, qui était dans les
usages du temps; on aurait eu un beau scandale à

l'Académie française. Mais rien ne se perd en litté-
rature, et le poème voluptueux devait se retrouver
dans les papiers posthumes de Marmontel; bien plus :
une édition devait en être faite, sous la Restauration,
par la maison Firmin Didot [1]. L'avant-propos rappelle
les succès de lecture obtenus jadis par l'auteur avec la
Neuvaine de Cythère : « C'est ce qui a décidé son fils
à permettre qu'on publiât un ouvrage où quelques
censeurs sévères trouveront peut-être quelques images
un peu trop vives; le poète a su, du moins, donner à
son style la décence que ses pensées n'avaient pas
toujours. »

Ce volume manque aujourd'hui complètement en
librairie; il faut savoir gré à M. Barraud de l'avoir
fait reparaître pour un petit nombre d'amateurs. Les
conditions exceptionnelles de luxe et de goût dans
lesquelles il se produit, les charmants dessins de
M. Fesquet, les caractères de M. Quantin, la qualité
des papiers, fabriqués exprès par la maison Morel
et Cie, tout lui assigne une place de haut rang dans
les bibliothèques.

Bien que je n'aie pas eu la prétention d'écrire une
biographie de Marmontel, mais une simple esquisse
d'un des côtés de sa physionomie, je m'en voudrais de

1. *Œuvres posthumes de Marmontel,* de l'Académie française,
ornées de gravures. A Paris, 1820; 1 vol. in-8. Portrait gravé de
Piccini.

Il y a eu une réédition en format in-12.

ne pas faire profiter mon lecteur d'une découverte assez curieuse : celle du tombeau *définitif* de l'auteur de la *Neuvaine de Cythère*. Je savais comme tout le monde qu'il était mort le 31 décembre 1799 dans un hameau près d'Évreux; mais là s'arrêtaient mes renseignements. Mon ami Albert de la Fizelière a bien voulu, l'an dernier, suivre cette piste pour moi et me communiquer les détails inédits qui vont suivre. Ses souvenirs datent du temps où il était le secrétaire de Jules Janin, citoyen de Passy en hiver, et châtelain en été du château des Rotoirs, dans le département de l'Eure.

« En 1864, une cérémonie religieuse amena dans la paroisse de Saint-Aubin-sur-Gaillon Mgr Olivier, évêque d'Évreux. Ce fut entre l'ancien aumônier de la reine Marie-Amélie et notre cher Horatius Janin une charmante reconnaissance remplie de mille retours sur le passé. Cette intimité de vingt-quatre heures fit éclore sur leurs lèvres, également façonnées au bien dire, des récits qu'il eût été sans doute bien intéressant de recueillir. Je n'en ai su qu'un trait, qui m'a été rapporté, au retour, par Jules Janin.

« Durant les loisirs de l'après-midi on fit une promenade; on visita le potager de M. le curé, et aussi, par occasion, on franchit la porte du modeste cimetière de Saint-Aubin, car la cure est adossée à l'église.

« Quelques dalles de pierre, plus encore de monticules de terre surmontés de croix de bois noir, quelques couronnes fanées; çà et là un nom obscur, Pierre ou

Jacques, François ou Catherine. Mais à l'angle d'un
coude que forme soudain le champ des morts en con-
tournant l'église, on découvre un petit coin boisé,
fleuri, frais et souriant : un oasis dans ce désert de
cendres.

« — Eh ! mais, s'écria Mgr Olivier à la vue de
ce bosquet inattendu, ne voilà-t-il pas une place tout à
fait poétique et favorable au repos éternel ? Ne pour-
rait-on pas la consacrer un jour, le plus tard possible,
à certain académicien de ma connaissance ?

« Il faut vous dire qu'en ce moment même s'agitait
à l'Académie française l'urne fatidique du fond de
laquelle le monde lettré s'attendait à voir sortir le nom
de Jules Janin.

« — Je sais bien, ajouta le malin évêque, que cet
académicien..... car je ne doute pas que l'homme
dont je parle n'aille occuper avant peu le fauteuil que
le docte M. Ampère vient de laisser vacant..... Je sais
bien que ce futur académicien fut un mécréant, un
prôneur de théâtre, un ami des folles imaginations, un
adorateur de ces endiablées comédiennes expertes en
toutes sortes de séductions..... Mais quoi ! il fut bon,
ami sincère, fidèle à ses convictions. C'est bien quelque
chose, cela..... Certes, il ne parfumera pas ce petit
jardin de la sainte odeur des vertus chrétiennes, mais
il y exhalera les belles grâces de son esprit et l'hon-
nêteté de son cœur.

« Et, disant cela, le prélat jetait à la dérobée un

regard espiègle sur notre bon Janin, qui riait de son
beau rire argentin et se promettait bien, à part lui, de ne
pas venir de sitôt habiter cet asile enchanteur.

« A un an de là, ayant été battu par Prévost-
Paradol au scrutin académique, Jules Janin cheminait
un peu mélancoliquement aux alentours de Saint-Aubin,
lorsqu'il fut tout à coup arrêté, à la porte d'un mé-
chant cabaret sordide et lézardé, par une pancarte
invitant les passants à visiter, moyennant la bagatelle
de deux sous, le « *tombeau de l'académicien* ».

« Hélas ! cette masure délabrée avait été le dernier
abri de Marmontel, cette retraite d'Abloville où il était
mort. Son corps gisait enterré dans un coin de terre
derrière le cabaret.

« Janin fut touché jusqu'aux larmes d'un tel et
inexplicable abandon.

« Parbleu ! se dit-il, Mgr Olivier voulait coucher
un académicien dans le joli bosquet du cimetière de
Saint-Aubin ; voilà bien son affaire. Et si je dois un
jour aller goûter les douceurs du repos éternel, eh bien !
j'y aurai du moins un camarade à qui parler.

« Dès le lendemain, il proposa aux autorités du
pays d'accorder une hospitalité plus honorable aux
mânes de Marmontel, c'est-à-dire de les faire transporter dans le cimetière de Saint-Aubin-sur-Gaillon.
Je ne vous dirai pas toutes les difficultés de cette affaire ;
elle dura longtemps, allant de préfecture en évêché,
non sans de minutieuses contestations. Puis, l'au-

torisation obtenue, par un revirement soudain,
l'autorité locale se piqua d'honneur : elle voulait orga-
niser une fête, un congrès; inviter un ministre, que
sais-je? En fin de compte, elle se borna à écrire de sa
plus belle écriture une épître à l'Académie française.

« L'Académie française remercia comme il convenait
de le faire, puisqu'il s'agissait d'un de ses anciens
secrétaires perpétuels; elle promit même d'envoyer un
délégué pour présider la cérémonie; mais le délégué se
trompa sans doute de chemin de fer..... on ne le vit
jamais.

« Bref, Marmontel fut transporté au cimetière de
Saint-Aubin avec le simple appareil d'un convoi de
campagne. Mais au moins il reposa dans une sépulture
avouable, sous l'œil fraternel de celui qui devait, cinq
ans plus tard, occuper son fauteuil à l'Académie.

« Ainsi s'est accomplie la prédiction de l'évêque,
voyant sous ce bosquet le tombeau d'un académicien,
*ami des folles imaginations et adorateur des endiablées
comédiennes.* »

CHARLES MONSELET.

AVANT-PROPOS

DE

L'ÉDITION DE 1820

La Neuvaine de Cythère *a été composée par Mar-*
montel, vers l'année 1770 : l'auteur en fit alors plu-
sieurs lectures qui eurent le plus grand succès ; en effet,
cet écrivain, qui a des titres de plus d'un genre à la
célébrité, n'a déployé dans aucune de ses compositions
autant de verve et de talent poétique : je ne crains pas
de dire que l'on n'a rencontré jusqu'à présent, dans
aucun poème quelconque, tant de facilité unie à tant
d'élégance; les ressources de la langue mythologique y
sont employées avec une richesse d'imagination peu
commune; la variété des tours, la fraîcheur du coloris,

l'originalité des tableaux et l'harmonie continue du style, donnent à cet ouvrage un éclat et un charme très remarquables; et l'on pourrait parier que, malgré la tendance des idées vers la politique, la Neuvaine de Cythère *fera la plus grande sensation et ajoutera beaucoup à la réputation poétique de Marmontel. C'est cette conviction qui a décidé son fils à permettre qu'on publiât un ouvrage où des censeurs sévères trouveront peut-être quelques images un peu trop vives : l'auteur a su, du moins, donner à son style la décence que ses pensées n'avaient pas toujours, et il s'est souvenu de ce que disait Boileau du lecteur français :*

Du moindre sens impur la liberté l'outrage,
Si la pudeur des mots n'en adoucit l'image.

CHANT PREMIER

SOMMAIRE

DU CHANT PREMIER.

Préférence donnée par le poète à tous les sujets mythologiques. Vénus s'endort dans un bosquet, et son sommeil est enchanté par un songe voluptueux : un faune arrive, en profite, et lui plaît. Vénus le fait monter avec elle sur son char.

LE SONGE.

A-t-on le cœur de chanter des batailles,
De célébrer des héros forcenés,
Portant la flamme au sein de nos murailles,
Et désolant nos champs abandonnés ?
Le beau spectacle, où l'on tue, où l'on pille !
Du villageois enlever le dindon,
Plumer sa poule, et violer sa fille ;
Forcer le cloître, et profaner la grille,
Sans respecter l'aumusse et le cordon ;

Prendre au toupet les nièces des chanoines,

Boire, en jurant, le meilleur vin des moines,

Terrible Mars, ce sont là de tes jeux.

Ah! loin de moi ces mortelles alarmes.

Je vais chanter des exploits courageux,

Qui tout au plus font verser quelques larmes.

L'art de détruire est sans doute un grand art :

En frémissant c'est ainsi qu'on le nomme ;

Mais j'aime mieux avoir fait un seul homme,

Qu'avoir vaincu, n'en déplaise à Folard,

Tous les héros de la Grèce et de Rome ;

Cueillons le myrte, et laissons les lauriers.

Chantons l'Amour, qui console le monde

De tous les maux que lui font les guerriers :

Heureux l'amant dont la flamme féconde

Brûla neuf fois l'encens sur ses autels !

Ce sont les faits qu'on doit rendre immortels.

Dans un bosquet, dont l'amoureux feuillage

En se courbant mariait son ombrage,

Vénus dormait sur un gazon naissant ;

Le coloris, la fraîcheur du bel âge.

De la santé l'éclat éblouissant,

Et les rondeurs d'un élégant corsage,
Et d'un beau sein le tour appétissant,
Et cette croupe et si blanche et si belle,
Et mille attraits dont il n'est pas décent
De peindre aux yeux l'image naturelle,
Se déployaient sur ce corps ravissant.

Dans le sommeil un songe caressant
Flattait son sein, voltigeait sur sa bouche,
D'un doigt folâtre appelait le désir,
Et d'un coup d'aile éveillait le plaisir.

Vénus soupire : une nouvelle couche
De vermillon colore son beau teint.
Son cœur ému se dilate et palpite,
Et chaque instant redouble et précipite
Le mouvement qui soulève son sein.
Son œil humide, à travers la paupière,
Laisse échapper une douce lumière,
Feu du désir, feu rapide et brillant,
Qui de son cœur jaillit en pétillant.

Elle touchait à ce moment où l'âme
De ses liens est prête à s'envoler,

Et n'attend plus qu'une bouche où sa flamme
Par un soupir se plaise à s'exhaler.

Un jeune faune ardent, nerveux et leste,
Le coq brillant des nymphes d'alentour,
Très-éloquent de la voix et du geste,
Et, comme un page, insolent en amour,
Trouve à l'écart cette beauté céleste,
S'arrête, admire, approche à petit bruit,
Dévore tout d'un regard immodeste.
— « Ah ! c'est Vénus ; je reconnais le ceste,
« Dit-il ; amour, c'est toi qui m'as conduit.
« Reine des cœurs, charme de la nature,
« Vénus, je brûle, et crains de te saisir. »
Puis, d'une main soulevant la ceinture :
— « Le voilà donc le trône du plaisir !
« Que de trésors ! ah ! brusquons l'aventure. »
Quelque novice eût trouvé le bonheur
Dans un baiser ; le faune, moins timide,
Va droit au fait, et la reine de Gnide,
En s'éveillant, le nomma son vainqueur.

Il faut savoir que, mollement penchée,

A demi-corps Vénus était couchée ;

L'un des genoux sur les fleurs est tendu ;

Au bord du lit l'autre tient suspendu

Le poids léger d'une jambe arrondie.

A se poster le faune s'étudie :

Sur les deux mains son corps est balancé ;

Le trait perçant brûle d'être lancé ;

Il le retient, il l'ajuste, il le glisse

Si doucement, que le songe propice

N'est dissipé qu'après être accompli.

En s'envolant, un songe laisse un vide ;

De celui-ci, par un plaisir solide,

La place est prise, et le vide est rempli.

Vénus s'éveille : — « Ah ! se peut-il qu'un songe

« S'écria-t-elle, agite ainsi mes sens !

« Dieux ! quelle ardeur ! ce n'est point un mensonge ;

« Non ; je le vois, je le tiens, je le sens.

« Est-ce un mortel, un dieu qui me possède ?

« Qui que tu sois, ô mon cher ravisseur,

« A tes transports je pardonne, je cède :

« Pour être un crime ils ont trop de douceur. »

Le jeune faune, embrassant Cythérée,

Lui répondit par des baisers brûlants ;

Il la voyait, de plaisir altérée,

Fixer sur lui des yeux étincelants.

— « Ah ! c'en est fait, dit-il, reçois mon âme,

« Vénus, Vénus, suprême volupté ;

« Pour me punir de ma témérité,

« L'amour me change en un torrent de flamme. »

Il dit : Vénus n'entendit pas ces mots.

Une déesse en ces moments se pâme

Tout comme une autre : un moment de repos

La ranima. Vénus trouva son faune

Plus beau que Mars, plus tendre qu'Adonis.

— « Viens, que nos cœurs à jamais soient unis ;

« Viens, lui dit-elle, et partage mon trône. »

Elle commande, et deux coursiers ailés,

Deux blancs pigeons à son char attelés,

Agitent l'air de leur aile argentée.

Le Char approche, et Vénus enchantée,

D'un air joyeux, y monte lestement,

Et dans ses bras y reçoit son amant.

Mais, trop étroit, le char n'a qu'une place.

Sur le côté Vénus en vain s'efface ;

En la gênant, il se gênait aussi.

Sur mes genoux, en pareille aventure,

Je l'aurais mise ; il l'y mit, et voici

De leur voyage une exacte peinture.

NOTES DU CHANT PREMIER.

PAGE 4, VERS 3.

Terrible Mars, ce sont là de tes jeux.

Mars, dieu de la guerre, était fils de Jupiter et de Junon. Bellone sa sœur conduisait son char, la Crainte et la Terreur étaient ses deux filles.

PAGE 4, VERS 13.

Chantons l'Amour qui console le monde.

L'Amour, le plus beau des immortels. Les poètes ont dit que parmi ses flèches il y en a dont la pointe est d'or et d'autres dont la pointe est de plomb; les premières ont la vertu de faire aimer, et les autres ont un effet tout contraire.

PAGE 4, VERS 20.

Vénus dormait sur un gazon naissant.

Vénus, une des divinités les plus célébrées dans l'antiquité païenne, fut formée de l'écume de la mer; elle fut

mise au rang des plus grandes déesses, et, comme elle favo-
risait les passions, on l'honora d'une manière digne d'elle.

On consacra à cette déesse, parmi les fleurs, la rose ;
parmi les arbres, le myrte ; parmi les oiseaux, les cygnes,
les moineaux et surtout les colombes.

PAGE 6, VERS 3.

Un jeune faune ardent, nerveux et leste.

Les faunes sont les fils ou les descendants de Faunus ;
ils habitaient les campagnes et les forêts. On les distinguait
des satyres et des sylvains par le genre de leurs occupations,
qui se rapprochent davantage de l'agriculture.

PAGE 6, VERS 19.

Va droit au fait, et la reine de Gnide.

Gnide, ville et promontoire de la Carie, où Vénus avait
un temple fameux ; on y voyait la statue renommée faite par
Praxitèle.

PAGE 8, VERS 13.

Plus beau que Mars, plus tendre qu'Adonis.

Adonis, favori de Vénus.

CHANT DEUXIÈME

LE CHAR.

Le frais du soir calmait l'ardeur du jour ;
L'azur du ciel et ses vapeurs humides
De la nuit sombre annonçaient le retour,
Lorsque le char dont Vénus tient les guides
De l'air serein fend les plaines liquides.
Mille zéphyrs voltigeaient alentour ;
Dans les cheveux de la mère d'Amour
Ils se jouaient, et d'une aile folâtre
Les étalaient sur deux globes d'albâtre,

Dont les sommets, à la rose pareils,

Du doux baiser sont les trônes vermeils.

Ce corps charmant, que le grand Praxitèle

Dans sa Vénus a si bien modelé,

Et que Pâris avait vu dévoilé

Lorsqu'il donna la pomme à la plus belle,

Ce corps pressait sous le plus doux satin

Les muscles bruns du faune libertin.

En souriant, sa divine conquête

Se renversait, penchait vers lui sa tête,

Et l'animait du geste et du regard.

De ses deux bras le mouvement cynique

Excite en lui cette ardeur sympathique

Qui du plaisir électrise le dard.

Mais comment peindre, en ce moment critique,

Du dieu lascif les désirs partagés?

Là deux autels, à l'amour érigés,

S'offrent à lui sous un même portique.

A l'un, à l'autre il adresse des vœux,

Mais il ne peut les encenser tous deux :

Le culte est double, et l'offrande est unique.

— « O sort, dit-il, trop avare pour moi,

« Et pour Vénus prodigue de merveilles!

« Tu m'as donné deux yeux et deux oreilles,

« Et, pour jouir des trésors que je voi,

« Je n'ai qu'un cœur, je n'ai qu'un... quel dommage

« De ne pouvoir partager mon hommage!

« O mes rivaux, dieux du ciel, dieux jaloux,

« Ce don sans doute est réservé pour vous. »

Dans le dépit, son aveugle tendresse

Livre au hasard ses vœux irrésolus.

— « Tranchons, dit-il, des délais superflus :

« Tout est Vénus dans ma belle maîtresse. »

Le faune allait commettre un gros péché,

Si de Vénus la tendre inquiétude

N'eût à ses coups présenté l'attitude

De son beau corps sur les rênes penché.

Ce mouvement fut-il fait sans étude?

Fut-il le fruit d'une heureuse habitude?

Ou bien Vénus le fit-elle à dessein?

Quoi qu'il en soit, la beauté ménagée

En Adonis ne se voit point changée.

Très-décemment elle reçoit soudain

Le trait de feu que le faune lui lance,
Et du combat la douce violence
Lui fait tomber les rênes de la main.
Lors, s'appuyant sur le trait qui la perce,
Sur son amant sa tête se renverse;
Elle le baise, elle brûle et languit;
Mais, se livrant au feu qui la domine,
Son corps céleste à l'instant se roidit;
Et dans les airs bientôt se répandit
Le doux parfum d'une vapeur divine;
Tout s'embellit, et la terre et les cieux,
Tout y respire une volupté pure,
Et de l'amour le baume précieux
Donne la vie à toute la nature.
Et que faisaient, dans ces moments heureux,
Nos deux coursiers, nos pigeons amoureux?
Dès qu'ils avaient senti flotter les guides,
Fixant l'essor de leurs ailes rapides,
Et se tournant, ils avaient vu Cypris,
Lever au ciel ses beaux yeux attendris.
— « Ne vois-tu pas ce que fait la déesse?
« Ne vois-tu pas comme un dieu la caresse? »
Dit la colombe, et le pigeon l'entend.

Sur son cou blanc sa tête se balance;

De la colombe il s'approche, il s'élance,

Et de son aile il l'ombrage à l'instant.

Vénus alors, plus douce et moins brillante,

Dans la langueur qui succède aux plaisirs,

Du faune heureux recueillait les soupirs,

Et l'embrassait d'une main défaillante.

— « Baisse les yeux, dit-elle, et de nos feux

« Vois sur les cœurs l'influence féconde.

« J'aime, avec moi tout aime dans le monde;

« De mon bonheur tous les cœurs sont heureux.

« Vois les taureaux, qu'enflamment les génisses,

« Fendre les flots, franchir les précipices;

« Et le bélier, sur les fleurs bondissant,

« Du pâturage oublier les délices;

« Et le coursier, superbe et caressant,

« De sa vigueur me donner les prémices;

« Et les lions s'unir en rugissant.

« Tout doit la vie à mes flammes propices;

« A la donner tout aspire en naissant.

« Les éléments peuplés sous mes auspices;

« La mer profonde, et la terre, et les airs

« Sont mes autels; mon temple est l'univers,

« Et le plaisir préside aux sacrifices. »

Ainsi Vénus parlait à son amant ;

La volupté, qui demande une pause,

Veut qu'on s'amuse à parler un moment.

On cause, on aime, et l'on aime, et l'on cause,

Et c'est à quoi l'esprit sert en aimant.

Mais tout à coup le plus noir des orages

Vers l'horizon rassemble les nuages.

La Jalousie a soufflé dans les cieux

Le noir poison qui désole la terre.

A nos amants le ciel livre la guerre.

Mais on va voir le faune audacieux,

Tête levée, affronter le tonnerre.

NOTES DU CHANT DEUXIÈME.

PAGE 15, VERS 6.

Mille zéphyrs voltigeaient alentour.

Zéphyrs. Les poètes n'ont pas manqué de multiplier cette aimable famille. Ovide peint les zéphyrs occupés, sous la direction de leur chef, à parer de fleurs l'enfance du monde, que la poésie place toujours au printemps. On leur immolait une brebis blanche comme à des divinités favorables. Virgile ne manque pas de faire offrir ce sacrifice par Anchise, avant de s'embarquer : *Zephyris felicibus Albam.*

PAGE 16, VERS 5.

Et que Pâris avait vu dévoilé.

Pâris, fils d'Hécube et de Priam, roi de Troie, abandonné par ses parents, fut élevé avec des bergers du mont Ida ; bientôt le jeune pasteur se distingua par son esprit et par son adresse, et se fit aimer d'Œnone, qu'il épousa. Aux noces de Thétis et de Pelée, la Discorde ayant jeté sur la table la fatale pomme d'or avec l'inscription : *A la plus belle,* Junon,

Minerve et Vénus se la disputèrent et demandèrent des juges. L'affaire était délicate, et Jupiter, craignant de compromettre son jugement, envoya les trois déesses, sous la conduite de Mercure, sur le mont Ida, pour y subir le jugement de Pâris, qui avait apparemment la réputation d'être grand connaisseur. Les déesses parurent dans l'équipage le plus galant et n'oublièrent rien de ce qui pouvait éblouir ou séduire leur juge; on ajoute même que Pâris, pour juger en plus grande connaissance de cause, exigea qu'aucun voile importun ne dérobât à son examen, les beautés des trois solliciteuses. Junon promit le pouvoir et la richesse, Minerve le savoir et la vertu, et Vénus la possession de la plus belle personne de l'univers; cette promesse et la beauté supérieure de Vénus lui firent adjuger la pomme.

CHANT TROISIÈME

SOMMAIRE

DU CHANT TROISIÈME.

La Jalousie va se plaindre aux dieux de la conduite de Vénus; tous ceux qu'elle a dédaignés, furieux de voir qu'elle préfère un faune, se plaignent à Jupiter. Mars se rend aux antres de Lemnos, saisit le tonnerre et le lance au char des amants; mais Jupiter arrive, rend le calme au ciel, et les amants dirigent leur course vers Cythère.

L'ORAGE

Lᴇs dieux, depuis la guerre des géants,
Vivaient au ciel en heureux fainéants.
Laissant aller le monde à l'aventure,
Ils s'amusaient des jeux de la nature.
Amants aimés sans craindre de rivaux,
Sans aspirer à des plaisirs nouveaux,
Ils jouissaient, comme a dit Épicure.
Mais un bonheur si tranquille et si doux
Allait bientôt émousser tous les goûts,

4

Si, par un sel qu'on nomme fantaisie,

Sel dont l'Amour fut l'heureux inventeur,

Et qu'il mêla dans un peu d'ambroisie,

Ce dieu charmant n'eût rendu la vigueur

A des plaisirs qui tombaient en langueur.

Le goût léger de la galanterie

Des immortels occupa tous les soins.

Au goût piquant de la coquetterie

Les déités n'en donnèrent pas moins.

Des deux côtés on vit des infidèles ;

Des deux côtés on se fit des noirceurs.

On soupira pour de jeunes mortelles ;

On s'attendrit pour de jeunes chasseurs.

L'Amour se mit un bandeau, prit des ailes,

Et, plus volage, il eut plus de douceurs.

Heureux enfant, si de son premier âge

Il eût gardé l'innocent badinage !

Mais, peu content de ces liens de fleurs

Qu'en se jouant il avait l'art de faire,

— « Régnons, dit-il, et laissons à mes sœurs

« Les petits soins de séduire et de plaire :

« Trop d'indulgence avilit mes faveurs.

« N'ai-je donc pas le droit d'être sévère ?

« Je suis l'Amour, et, malgré mes rigueurs,
« On doit trouver ma chaîne encor légère. »

Fier de sa force et de ses traits vainqueurs,
Il fut mutin, capricieux, colère,
Se fit un jeu de causer des malheurs,
S'environna de trouble et de douleurs ;
Et même on dit que des yeux de sa mère
Plus d'une fois il fit couler des pleurs.
Enfin la triste et sombre Jalousie
Vint à sa suite, et par lui fut choisie
Pour tourmenter les plus sensibles cœurs.

C'est ce démon des vieillards somnambules,
C'est ce tyran de leurs jeunes moitiés,
C'est lui qui change en fureurs ridicules
Du tendre hymen les chastes amitiés.
Il prit son vol vers la voûte azurée,
Et des plaisirs que goûtait Cythérée
A se venger il excita les dieux.
— « Voyez, dit-il, comme elle est enivrée,
« Voyez l'ardeur qui brille dans ses yeux.
« Quoi ! sur un char vous insulter en face !

« Entre la terre et le ciel se placer !

« Aux yeux du monde, à vos yeux s'embrasser !

« Qu'attendez-vous pour punir tant d'audace?

« Tout dieu qu'il est, ce faune pétulant,

« Ne peut-on pas retrancher de sa vie

« Ce qui pour vous la rend digne d'envie ?

« Ne peut-on pas lui ravir ce talent,

« Ce don si beau qui le rend insolent?

« Qu'un coup de foudre à l'instant le mutile ;

« Et l'on verra si la belle Cypris

« Garde longtemps un amant inutile. »

Cette harangue enflamma les esprits.

Parmi les dieux un bruit confus s'élève :

Chacun se plaint que Vénus ici-bas

Aime un peu trop, prodigue ses appas,

Se fait surprendre, et permet qu'on l'enlève.

Le blond Phébus, qu'elle avait dédaigné,

De ses mépris est encore indigné.

— « Eh quoi! dit-il, un faune avec sa flûte

« Est pour Vénus l'objet le plus touchant;

« Et moi, le dieu de la lyre et du chant,

« Sans m'écouter l'ingrate me rebute !

« Un bel esprit, m'a-t-elle dit cent fois,

« Ne brille pas dans l'amoureuse lutte :

« Je chante bien, mais je n'ai que la voix ;

« A ses bons mots je suis las d'être en butte.

« Consolons-nous, du moins, en nous vengeant.

« Allons tout dire au roi des dieux, son père.

— « A Jupiter ? reprit Mars en colère ;

« Qu'attendez-vous de ce père indulgent ?

« Non, c'est Vulcain, c'est lui qu'il faut résoudre

« A nous ouvrir l'arsenal de la foudre. »

Le dieu terrible, en achevant ces mots,

Part, vole, arrive aux antres de Lemnos.

Vulcain, armé de ses lourdes tenailles,

Sous les marteaux du cyclope brûlant,

Roulait alors le fer étincelant,

D'où jaillissaient de brillantes écailles.

— « Forge, Vulcain, dit le dieu des batailles,

« Pour les Amours forge des traits nouveaux ;

« Ils serviront à blesser tes rivaux.

« Pour ces enfants tandis que tu travailles,

« Vénus se livre à de plus doux travaux.

— « Bon, dit Vulcain, Vénus est à Cythère,

« Et m'a promis de garder son boudoir

« Jusqu'au moment où j'irai la revoir.

— « Elle te trompe, et même sans mystère,

« Répondit Mars ; sur son char, dans les airs,

« Avec un faune, aux yeux de l'univers… !

— « Oui, je le crois : c'est là son caractère,

« Reprit Vulcain ; mais, hélas ! que veux-tu ?

« Quand je surpris votre amour adultère,

« Pour m'être plaint, je fus encore battu.

« Et puis, crois-moi, la triste inquiétude

« D'être trompé ne m'eût guéri de rien.

« Je m'en suis fait une douce habitude.

« Vénus sans moi s'amuse, elle fait bien.

« Vers le plaisir son naturel la pousse :

« Au naturel irai-je mettre un frein ?

« Quand elle est sage, elle en a du chagrin.

« J'aime bien mieux qu'elle soit folle et douce.

« J'aime à lui voir un visage serein.

— « Indigne époux, dit le dieu de la Thrace,

« Tu ne sens pas l'affront que tu reçoi !

« Que ton épouse aime un dieu comme moi,

« La plainte alors est de mauvaise grâce ;

« Mais pour un faune… ah ! rougis d'y penser.

« Et donne-moi des foudres à lancer.

— « Très-volontiers, dit l'époux pacifique ;

« Venge-moi bien, mais ne me cite pas.

« Que ma moitié soit plus ou moins pudique,

« Je ne veux plus entrer dans ces débats. »

Mars cependant s'est armé du tonnerre.

Il part, menace et fait trembler la terre.

En l'attendant, Éole a déchaîné

Des vents fougueux le peuple mutiné.

Dans les rochers les aquilons frémissent ;

Sous leurs efforts les vieux chênes gémissent ;

Du fond des mers les flots sont soulevés ;

Et des hameaux les toits sont enlevés.

L'ardent Notus, l'impétueux Borée,

Pressent les flancs d'un gros nuage noir ;

Dans la campagne on crie : Il va pleuvoir.

De ses brebis la bergère éplorée

Presse les pas, et, par un tourbillon,

Laisse en fuyant trousser son cotillon.

Dans le chaos de cette nuit profonde,

La foudre brille, et le tonnerre gronde ;

Mars le lançait, et son bras vigoureux

Visait au char de nos amants heureux.

Sans s'étonner, Vénus voit cet orage.

— « Des dieux jaloux nous excitons la rage,

« Dit-elle ; eh bien, pour les humilier,

« Je vais moi-même aux coups de la tempête

« Me présenter, en garantir ta tête,

« Et de mon sein te faire un bouclier. »

Au cou du faune à l'instant élancée,

En s'élevant, elle s'attache à lui

Comme la vigne à l'ormeau, son appui.

Le jeune dieu, qui la tient enlacée,

Ferme et campé sur un jarret tendu,

Sourd au fracas dont gémit l'atmosphère,

N'oppose aux dieux que le poids tutélaire

D'un corps vermeil sur ses mains suspendu :

Et, comme lui, qui n'eût bravé l'Olympe ?

En se jouant, quelquefois vous voyez

Sur un tilleul la bergère qui grimpe ;

Ses deux bras nus, et ses genoux ployés,

Son pied mignon, ses deux jambes légères
Pressent l'écorce, et, par des nœuds étroits,
De son corps souple ils suspendent le poids :
Vénus a pris les leçons des bergères.

Pour exprimer le nectar de l'amour,
En se croisant, ses deux jambes d'albâtre
Pressent les reins du dieu qu'elle idolâtre
Sous la rondeur d'un genou fait au tour,
Il lui répond : leurs ames éperdues
Dans leurs baisers sont déjà confondues :
Baisers brûlants, où l'on entend frémir
Ce mot sacré qu'un charme involontaire
Fait prononcer dans l'amoureux mystère.
Quand la pudeur rend le dernier soupir.
Mars, indigné, jure et lance la foudre.
Autour du char mille brillants éclairs
A longs replis se croisent dans les airs ;
Le ciel s'ébranle, et paraît se dissoudre,
Quand Jupiter, qui voit l'Olympe en feu,
Quitte Junon, se rend à l'assemblée :
— « Qui de vous tonne ici sans mon aveu ? »
Dit-il. Sa cour, interdite et troublée,

Baisse les yeux, et le terrible aspect
De Jupiter les glace de respect.

Mars cependant, moins timide qu'un autre,
Prit la parole, et répondit : — « C'est moi,
« Qui veux venger ton honneur et le nôtre :
« Vois si j'ai tort d'avoir tonné sans toi;
« Vois, Jupiter, ta fille bien-aimée
« Au cou d'un faune éperdue et pâmée.
« J'aime Vénus, j'ai voulu foudroyer
« L'heureux rival dont elle est trop charmée.
« Mais dans ses bras rien ne peut l'effrayer.
— « Et quel empire avez-vous sur ma fille ?
« Dit Jupiter; je veux, dans ma famille,
« Qu'en liberté chacun aime à son choix.
« Faune ou mortel, dieu du ciel, dieu des bois,
« Tout m'est égal. Un amant qu'on écoute,
« S'il est heureux, l'a mérité sans doute.
« C'est à Vénus à juger de vos droits.
« Je suis bon père, et je veux qu'elle goûte
« Tous les plaisirs, s'il se peut, à la fois. »

Parlant ainsi, Jupiter d'un sourire
A l'univers rend la sérénité.

Vénus revient de son tendre délire,

Ouvre les yeux, voit le faune enchanté,

Le baise encor, lui sourit et soupire,

Et dans les airs, sur l'aile de Zéphyre,

Le char reprend son vol précipité.

NOTES DU CHANT TROISIÈME.

PAGE 25, VERS 1.

Les dieux, depuis la guerre des géants.

Géants, enfants du Ciel et de la Terre, qui firent la guerre aux dieux.

PAGE 27, VERS 17.

Et des plaisirs que goûtait Cythérée.

Cythérée, nom que Vénus avait pris de l'île de Cythère, où elle était adorée.

PAGE 28, VERS 10.

Et l'on verra si la belle Cypris.

Cypris, autre surnom de Vénus, soit parce qu'elle était née dans l'île de Chypre, qui lui était consacrée, soit parce que c'était près de cette île qu'elle avait pris naissance de l'écume de la mer.

PAGE 29, VERS 7.

A Jupiter? reprit Mars en colère.

Jupiter, le plus puissant des dieux que l'antiquité a
reconnus. Ordinairement la figure de la Justice accompagne
celle de Jupiter, et quelquefois on joignait à la Justice les
Grâces et les Heures pour nous apprendre que la divinité
rend justice à tout le monde, en tout temps et avec bonté.

PAGE 29, VERS 9.

Non, c'est Vulcain, c'est lui qu'il faut résoudre.

Vulcain était fils de Junon. Homère nous apprend que
cette déesse, honteuse d'avoir mis au monde un fils si mal
fait, le précipita dans la mer, afin qu'il fût toujours caché
dans ses abîmes. Il aurait beaucoup souffert si la belle Thétis et Eurynome, filles de l'Océan, ne l'eussent recueilli. Il
demeura neuf ans dans une grotte profonde, occupé à leur
faire des boucles, des agrafes, des colliers, des bracelets,
des bagues. Vulcain, conservant dans son cœur du ressentiment contre sa mère pour cette injure, fit une chaise d'or
qui avait un ressort et l'envoya dans le ciel. Junon, qui ne
se méfiait pas du présent de son fils, voulut s'y asseoir et
y fut prise comme dans un trébuchet : il fallut que Bacchus
enivrât Vulcain pour l'obliger à venir délivrer Junon, qui
avait préparé à rire aux dieux par cette aventure.

PAGE 29, VERS 12.

Part, vole, arrive aux antres de Lemnos.

Lemnos, île de la mer Égée, où Vulcain tomba lorsque Jupiter le précipita du ciel. Les Lemniens le retinrent en l'air et l'empêchèrent de se briser ; en récompense de ce service le dieu établit chez eux sa demeure et ses forges, et promit d'être la divinité tutélaire de l'île.

PAGE 29, VERS 22.

Bon, dit Vulcain, Vénus est à Cythère.

Cythère, île de la Méditerranée, entre celle de Crète et le Péloponèse, aujourd'hui Cérigo. Ce fut auprès de cette île que Vénus fut formée de l'écume de la mer. Aussitôt après sa naissance elle y fut portée sur une conque marine. Les habitants de cette île avaient consacré un temple superbe à cette déesse sous le nom de Vénus-Uranie.

PAGE 31, VERS 8.

En l'attendant, Éole a déchaîné.

Éole, fils de Jupiter et de Mélanippe, et dieu des vents, régnait sur les îles qu'on appelait Vulcaines et depuis Éolides ; mais sa résidence était à Lipara, une de ces îles. Son palais retentissait tout le jour de cris de joie, et l'on y entendait un bruit harmonieux.

PAGE 34, VERS 14.

L'ardent Notus, l'impétueux Borée.

Notus, vent du midi extrêmement chaud, fils d'Éole et de l'Aurore.

Borée, vent du nord, que Pindare appelle le roi des vents; métamorphosé en cheval, il donna naissance à douze poulains d'une telle vitesse, qu'ils couraient sur les épis sans les rompre, et sur les flots sans y tremper leurs pieds.

PAGE 33, VERS 20.

Quitte Junon, se rend à l'assemblée.

Junon, fille de Saturne et de Rhéa, sœur de Jupiter. Ce dieu devint amoureux d'elle et la trompa sous le déguisement d'un coucou; il l'épousa ensuite dans les formes. Ils ne firent pas bon ménage ensemble; c'étaient des querelles et des guerres perpétuelles. Jupiter la battait et la maltraitait en toutes manières, jusqu'à la suspendre une fois entre le ciel et la terre avec une chaîne d'or, et lui mettre une enclume à chaque pied. Vulcain, son fils, ayant voulu la dégager de là, fut culbuté d'un coup de pied, du ciel en terre.

Junon persécuta toutes les maîtresses de son mari et tous les enfants qui naquirent d'elles. On dit qu'en général elle haïssait les femmes galantes; ce fut pour cela, ajoute-t-on, que Numa leur défendit à toutes, sans exception, de paraître jamais dans les temples de Junon. La même fable ajoute qu'il y avait, près d'Argos, une fontaine où Junon se lavait tous les ans et redevenait vierge.

CHANT QUATRIÈME

SOMMAIRE

DU CHANT QUATRIÈME.

Les amants arrivent à Cythère : tous les Amours viennent au-devant de Vénus; les Graces les suivent, et conduisent leur mère à son palais. Description du jardin. Vénus descend au bain; le faune l'accompagne, et les Graces s'éloignent.

LE BAIN

Oɴ vous a peint les jardins de Cythère,

Et ces vallons où, d'un cours inégal,

Roule et serpente un liquide cristal ;

Et ces bosquets, asyles du mystère,

Et ces gazons par Zéphyre émaillés,

Et ces oiseaux par l'Amour éveillés,

Dont les concerts sont un hymne à sa mère.

C'est sur ces bords, le domaine enchanté

De la Jeunesse et de la Volupté ;

Lieux où du sein de la belle nature

Tout naît sans art, tout fleurit sans culture;

C'est là, Vénus, que ton char s'abaissa,

Et le Plaisir aux Amours t'annonça.

L'heureux sylvain de Vénus suit les traces,

Mais revêtu d'un nuage léger :

Il eût d'abord effarouché les Graces :

C'est leur pudeur que l'on veut ménager.

Quant aux Amours, leur cohorte gentille

S'agite et vole au-devant de ses pas ;

Ils ont bien tous certain air de famille,

Tous cependant ne se ressemblent pas.

L'un est malin, l'autre est naïf et tendre;

Tel est craintif, tel autre pétulant;

Quelques-uns même ont un air insolent.

Déjà Vénus ne sait auquel entendre.

A son écharpe on voit l'un se suspendre;

L'autre s'élance, et la baise en volant.

D'un pas léger, mais décent et modeste,

Viennent bientôt les trois sœurs de l'Amour,

Toutes les trois plus belles que le jour.

L'une est Thalie, à l'œil vif, au corps leste,

Un air folâtre, un sourire attrayant
Séduit les cœurs qu'elle agace en fuyant.
Tous les contours d'une taille céleste
Sont dessinés sous son voile ondoyant,
Et ce qu'on voit fait l'éloge du reste.

Pour Aglaé, c'est la timidité,
La candeur même et l'ingénuité.
Les nouveaux dons que les ans font éclore
Sont une énigme à ses yeux innocents.
Elle rougit de ses charmes naissants,
Et sa rougeur les embellit encore.
Vous la voyez, de son doigt enfantin,
Vouloir fixer sous les plis de la gaze
Ce sein charmant arrondi sur sa base,
Qui, plus captif, n'en est que plus mutin.
Vous la voyez, avec même scrupule,
Gardant toujours ce joli monticule,
Où la pudeur, retirée en secret,
D'un lit de rose a bordé sa cellule,
Le dérober au regard indiscret.
Mais, au moment qu'elle plie un corps souple,
Pour avoir l'œil sur ces globes polis,

Dont la blancheur ternit celle des lys,

Et dont l'amour symétrisa le couple,

De leurs liens les globes détachés

Donnent l'essor à leurs charmes cachés;

Et ce rubis, qui colorait la toile,

S'élance et brille, affranchi de son voile.

Consolez-vous, chaste nymphe, on n'a pas

Assez de mains pour cacher tant d'appas.

Mais des trois sœurs la touchante Euphrosine

Est la plus belle; un œil, dont la langueur

Semble avouer le besoin de son cœur,

Brille enflammé du feu qui la domine.

Ce feu colore une bouche divine,

Et, pour l'éteindre, au moins pour l'appaiser,

Sa lèvre appelle, invite le baiser.

Telle une fleur, au soleil exposée,

Ouvre un calice altéré de rosée.

Souvent ses doigts badinent sans dessein

Sur le bouton qui couronne son sein.

Et quelquefois, soulevant sa ceinture,

Sa main s'égare au gré de la nature.

Alors on voit tout son corps tressaillir,

Et de ses yeux mille flammes jaillir.

Ah! gardez-vous de faner cette rose,

Nymphe charmante, à peine est-elle éclose.

Laissez aux dieux le soin de la cueillir.

Que n'osent-ils? le triomphe est facile :

Son innocence est un roseau débile

Prêt à céder au souffle du désir ;

Et sa pudeur, victime humble et docile,

Pour l'immoler, n'attend que le plaisir.

En traversant les riantes campagnes,

Vénus demande aux nymphes, ses compagnes,

Si les Amours ont bien dit leurs leçons,

S'ils ont été bien sages, bien dociles :

— « Ah! point du tout; les petits polissons

« A gouverner ne sont plus si faciles.

— « Et leur aîné, dit Vénus, et l'Amour

« Est-il ici? me sait-il de retour ?

— « Il est ici; mais je crois qu'il sommeille,

« Dit Euphrosine ; il était excédé.

« Enfin Diane à ses lois a cédé.

« Pour ses beaux yeux voilà trois nuits qu'il

« Endymion lui-même était si las,

7

« Qu'Amour avait pitié de sa jeunesse ;

« Encor la chaste et sévère déesse,

« En soupirant, disait-elle tout bas

« Que, quand on aime, il faut aimer sans cesse.

— « Elle a raison, dit le faune, et voilà

« De vos plaisirs le divin caractère :

« A-t-on goûté de l'amoureux mystère,

« On ne veut plus jouer qu'à ce jeu-là. »

Vénus sourit, et lui dit de se taire.

Mais tout à coup de son palais charmant

Le faîte brille aux yeux de son amant.

Sur un coteau, d'où la fille des ondes

Contemple au loin son élément natal,

Tantôt paisible, uni comme un cristal,

Tantôt roulant ses vagues furibondes,

Ce beau palais s'élève dans les airs.

Dômes de fleurs tous les matins écloses ;

Murs de jasmin ; péristyle de roses ;

Lilas courbés en berceaux toujours verts ;

Lits de gazons parsemés d'amaranthes ;

Brillants ruisseaux, dont les eaux jaillissantes

Forment dans l'air ces rideaux argentés

Que l'art depuis a si bien imités :

Tel est ce temple. Une onde diaphane,

Qu'en soupirant effleure le zéphyr,

Fait un miroir d'un bassin de saphir.

Vénus y vient. Loin d'ici tout profane.

De mille Amours l'essaim tumultueux

A détourné ses pas respectueux ;

Il n'est resté que les Graces fidèles,

Et son amant, invisible pour elles.

Son voile tombe, et déjà ses attraits

Vont se plonger dans les eaux d'un bain frais,

Bain composé des larmes de l'Aurore,

Et parfumé de l'haleine de Flore.

Le faune, agile, avec elle y descend ;

Le frais du bain ralentit son audace ;

Mais à Vénus à peine il s'entrelace,

Qu'il s'applaudit d'un orgueil renaissant...

Quoi ! dans le bain !... mettez-vous à sa place,

Vous brûlerez, fussiez-vous dans la glace.

De cette bouche admirez la fraîcheur ;

Sur le corail, qu'en riant elle étale,

Voyez briller la perle orientale.

De ce beau sein contemplez la blancheur,

Et de ces bras la liante souplesse,

Et de ces chairs l'élastique mollesse;

Du sein du faune habile à s'échapper,

Voyez Vénus prendre un élan rapide;

Voyez ses mains fendre l'onde limpide,

Ses deux talons, en nageant, se frapper;

Ses deux genoux se ployer et s'étendre,

Son corps flexible à fleur d'eau se suspendre,

Changer de face et se développer.

Mon jeune faune est novice à la nage;

Mais l'eau, le feu, rien n'arrête à son âge.

En déployant ses bras souples et nus,

Il croit voguer sur le dos de Vénus.

Dans le sillon que sa coupe lui trace,

Il la poursuit et soudain la remplace.

A chaque instant il effleure le bord,

A chaque instant il croit toucher au port.

Mais, au moyen d'une volte subite,

Pour l'animer la déesse l'évite,

Par cent détours l'attire en l'agaçant,
Plonge, s'échappe et le baise en passant.

On a beau fuir, on sait qu'il faut se rendre.
Et, sans cela, qui voudrait se défendre?
Au doux penchant, qu'elle feint d'éluder, ·
Vénus a donc le plaisir de céder.
Un sable d'or est leur couche nouvelle,
Le doux refus, aiguillon du désir,
Rendait Vénus plus touchante et plus belle,
Aux yeux du faune, ardent à la saisir.
Il la soumet, dans ses bras il l'enchaîne.
— « Frappe, dit-elle, et va jusqu'à mon cœur;
« Je sens, je sens que l'extase est prochaine. »
Vénus s'agite au bras de son vainqueur,
Roule un œil tendre, et puis tombe en langueur.
Du dard léger d'une langue de rose
Aiguillonnant sa bouche à demi close,
Il la ranime, et se pâme à son tour.
Trois fois Vénus se débat et succombe;
Trois fois le dieu se relève et retombe.
L'eau du bain fume et bouillonne alentour.
Les chastes sœurs, qui, du haut du rivage,

Voyaient ces jeux, ne les concevaient pas :

Qu'a donc Vénus ? disaient-elles tout bas.

Elle s'agite ! est-ce avec son image ?

Aglaé dit : — « Mes sœurs, éloignons-nous :

« Quelque mystère est caché là-dessous. »

NOTES DU CHANT QUATRIÈME.

PAGE 46, VERS 5.

L'heureux Sylvain de Vénus suit les traces.

Sylvain, dieu champêtre chez les Romains, qui présidait aux forêts.

Sylvain était un dieu ennemi des enfants et dont on leur faisait peur comme du loup, à cause de l'inclination qu'ont tous les enfants à détruire et à rompre les branches d'arbre ; pour les en empêcher, on leur représentait Sylvain comme un dieu qui ne souffrait pas impunément qu'on gâtât des objets qui lui étaient consacrés.

PAGE 46, VERS 22.

L'une est Thalie, à l'œil vif, au corps leste.

Thalie, une des neuf muses. Elle présidait à la comédie. C'est une jeune fille à l'air folâtre, couronnée de lierre, tenant un masque à la main, et chaussée de brodequins.

Quelquefois on place à ses côtés un singe, symbole de l'imitation.

Plusieurs de ces statues ont un clairon, parce qu'on s'en servait chez les anciens pour soutenir la voix des acteurs.

PAGE 48, VERS 8.

Mais des trois sœurs la touchante Euphrosine.

Euphrosine, une des trois Grâces; celle qui désigne la joie.

PAGE 49, VERS 19.

Enfin Diane à ses lois a cédé.

Diane. Les poètes lui donnent trois têtes, la première de cheval, la seconde de femme ou de laie, et la troisième d'un chien ou d'un lion. On dit que, lorsque sa mère accoucha de deux jumeaux, Diane vit le jour la première et aida Latone à mettre au monde son frère. Elle conçut une telle aversion pour le mariage qu'elle obtint de Jupiter la grâce de garder une virginité perpétuelle, ainsi que Minerve sa sœur, ce qui fit donner à ces deux déesses le nom de vierges blanches. Jupiter l'arma lui-même d'arcs et de flèches, la fit reine des bois, et composa son cortège de vingt nymphes, dont elle exigeait une chasteté inviolable; aucune ne put rester avec elle.

PAGE 49, VERS 21.

Endymion lui-même était si las.

Endymion, petit-fils de Jupiter, qui l'admit dans le ciel ; mais, ayant manqué de respect à Junon, il fut condamné à un sommeil perpétuel ou, selon d'autres, de trente ans seulement. C'est pendant ce sommeil que l'on suppose que la Lune, éprise de sa beauté, venait le visiter toutes les nuits dans une grotte ; elle en eut cinquante filles, après quoi Endymion fut rappelé dans l'Olympe.

Ce sujet a été souvent traité par les poètes et les peintres, mais aucun ne l'a rendu aussi poétiquement que M. Girodet. Endymion, presque nu et d'une beauté idéale, dort dans un bosquet ; l'Amour, déguisé en zéphyr, mais qu'on reconnaît à ses ailes et à son air malin, écarte le feuillage, et, par l'intervalle qu'il laisse ouvert, un rayon de la lune, où respire toute la chaleur de la passion, vient mourir sur la bouche du beau dormeur ; le reflet de la lune et la teinte des objets et du corps d'Endymion même ne laissent aucun doute sur l'heure de la nuit où l'action se passe, et sur la présence de la déesse.

8

CHANT CINQUIÈME

SOMMAIRE

DU CHANT CINQUIÈME.

Vénus remet sa ceinture et engage le faune à aller voir l'Amour; elle lui fait admirer son fils endormi, et lui raconte qu'elle est allée consulter le Destin sur l'ennui qu'elle éprouvait, et qu'il lui a annoncé que tous ses chagrins finiraient aussitôt qu'elle aurait conçu l'Amour. Vénus, transportée, s'incline pour embrasser son fils; mais le faune fait du bruit, l'Amour se réveille, et ils vont souper tous les trois.

LE RÉVEIL DE L'AMOUR

Au mois de mai, vous avez vu l'aurore
Se dégager des vapeurs du matin :
Telle, et plus fraîche, et plus riante encore,
Parut Vénus au sortir de son bain.

L'instant d'après, ayant mis sa ceinture :
— « Allons, dit-elle, allons dans le sommeil
« Voir cet Amour, ce roi de la nature,
« Allons cueillir le baiser du réveil. »

Près d'un ruisseau, dont l'eau brillante et pure,

En sautillant, roule entre les cailloux,

Tombe et s'enfuit, arrosant la verdure,

Est un sopha du gazon le plus doux.

De l'aubépine et du myrte flexible

Les rameaux verts, déployés alentour,

Forment en cintre une alcove paisible.

C'est sous ce dais que reposait l'Amour.

Vénus approche, et des plis de la gaze

Le froissement suffit pour l'éveiller;

Mais, par malice, il feint de sommeiller.

Près de ce dieu, Vénus est en extase :

— « Vois qu'il est beau, disait-elle au sylvain;

« Vois cette bouche et ce souris divin.

« Es-tu surpris que l'univers l'encense?

« Chaque mortel le connaît à son tour.

« Il fait lui seul ma gloire et ma puissance.

« Et que serait la beauté sans l'Amour?

« En vain les dieux et du ciel et de l'onde

« Me proclamaient souveraine du monde ;

« Un froid hommage, un culte passager,

« Fut tout l'honneur qu'on rendit à mes charmes;

« Et du plaisir inconstant et léger

« Les faibles traits étaient mes seules armes.

« Moi-même enfin, lasse de ma beauté,

« De m'amuser me faisant une étude,

« J'avais l'Ennui sans cesse à mon côté ;

« Et le moment qui suit la nouveauté

« N'était pour moi qu'une triste habitude.

« Je résolus, dans mon inquiétude,

« De consulter l'immuable Destin ;

« Dans son palais je me rends un matin.

« J'étais tremblante, et je fus rassurée.

« Le dieu terrible, au nom de Cythérée,

« Se radoucit ; lui-même il m'aborda ;

« En s'inclinant, son front se dérida.

— « Que voulez-vous de moi, jeune immortelle ?

« Faut-il casser quelqu'un de mes décrets,

« Vous révéler quelqu'un de mes secrets ?

« Vous pouvez tout : vous êtes jeune et belle.

« Il dit ces mots de ce ton suppliant

« Qui dans mon juge annonçait un client.

« Sa voix, son air majestueux et tendre,

« Touchent mon cœur étonné de l'entendre.

« De la vieillesse il n'a point la langueur ;

« Tout en lui marque une mâle vigueur.

« Je le salue, et je lui dis : Mon père,

« L'Ennui m'obsède, et je me désespère

« D'attendre en vain, même au sein des plaisirs,

« Je ne sais quoi qui manque à mes désirs.

« Je veux quitter le ciel, si cela dure.

« Daignez jeter un coup d'œil sur mes mains,

« Et m'éclaircir de ma bonne aventure.

— « Charme des dieux, délices des humains,

« Non, me dit-il avec un doux sourire,

« C'est dans tes yeux que le Destin veut lire,

« Et dans les siens toi-même tu liras.

« Lors je me sens enlever dans ses bras

« Jusqu'à ce trône entouré de nuages,

« Où sa puissance enchaîne tous les âges.

« Là sont le Temps, la Fortune, la Mort,

« Tyrans du monde et ministres du Sort;

« J'y vois la Gloire, éclatante chimère,

« La folle Joie, et la Douleur amère,

« Et le Hasard, un cornet dans les mains,

« Jouant aux dés les succès des humains.

« Tout ce cortège, en un profond silence,

« De son monarque adore la présence,

« Et du Destin le trône impérial

« Pour moi se change en un lit nuptial.

« Il y prend place, et moi-même il m'attire

« Sur ses genoux, qui séparent les miens.

« Novice encor, je rougis, mais j'admire.

« Bientôt je sens que ma pudeur expire ;

« Bientôt mes bras s'enlacent dans les siens.

— « Viens, me dit-il, que ma bonté féconde

« Dépose en toi le souverain du monde.

« Voilà mon sceptre, et mes droits sont les tiens.

« De ce langage auguste et prophétique

« J'entendais mal le sens énigmatique.

« La vérité tout à coup se fit jour.

« Dieux ! quel plaisir de concevoir l'Amour !

« Que vois-je alors dans les yeux de son père ?

« Dans l'avenir quel prodige s'opère !

« C'est un enfant qui maîtrise les dieux ;

« Tous, pour le suivre, abandonnent les cieux.

« Est-ce un vain songe ? ou suis-je dans l'ivresse ?

« Dis-je au Destin ; qu'est-ce donc que je vois ?

« Tu vois, dit-il, l'Amour et ses exploits.

« O ma Vénus ! rends grâce à ma tendresse.

« Tu seras mère, et cet enfant si beau

« Sera ton fils. Formé de mon essence,

9

« Je l'ai rempli de ma toute-puissance,

« Et de mon sceptre il fera son flambeau.

« Il dit, se lève, et bientôt me renvoie

« Pleine de gloire et d'amour et de joie.

« Dans peu ma taille, épaissie en rondeur,

« De nos Vesta fit rougir la pudeur.

« Propos malins voltigeaient à l'oreille.

« Elle a failli, notre jeune merveille ;

« C'est bien dommage ! Et quel est l'imprudent ?

« Est-ce le dieu du Thyrse ou du Trident ?

« Mars, ou Mercure, ou le fils de Latone ?

« On peut choisir, car Vénus est si bonne !

« J'entendais tout, non sans quelque rougeur ;

« Mais je sentais remuer mon vengeur.

« Le terme approche ; Amour voit la lumière :

« On vient en foule admirer cet enfant ;

« De ses attraits, que je sens la première,

« Nul ne se doute, et nul ne s'en défend.

« Lors du Destin s'accomplit la promesse ;

« Les cœurs émus semblent s'épanouir,

« Et dans le ciel il n'est dieu ni déesse

« Qui n'aime à plaire et n'aspire à jouir ;

« Dans l'univers il se répand une ame.

« Tout languissait, tout s'agite et s'enflamme ;

« De la pudeur le voile est déchiré,

« Et par un sexe un sexe est attiré.

« L'oiseau dans l'air, le reptile sous l'herbe,

» L'humble pasteur, le monarque superbe,

« Tout s'abandonne au penchant amoureux.

« L'Amour est né : l'univers est heureux.

« Qu'il méritait d'en être les délices,

« Ce dieu si doux, même dans ses malices !

« Est-ce bien moi qui t'ai donné le jour,

« Ame du monde, ô tout-puissant Amour ! »

Dans ses transports, la déesse s'incline

Pour le baiser, et sa taille divine

Ressemble au jonc que le vent fait ployer.

Sur les deux mains je la vois s'appuyer ;

Je vois fleurir le gazon qu'elle touche ;

Mais de l'Amour, qu'elle craint d'éveiller.

Sa lèvre à peine ose effleurer la bouche.

Comme Vénus est penchée en avant,

Et que son dos se courbe en s'élevant,

Le beau sylvain, qui toujours est alerte,

Voit du plaisir que la lice est ouverte ;

Il prend sa course, et va droit à son but.

L'Amour, surpris de ce brillant début :

— « Fort bien, dit-il ; j'aime assez que l'on ose

« Être insolent quand on l'est comme toi ;

« Et, si tu veux t'engager sous ma loi,

« De tes talents je ferai quelque chose. »

Vénus alors, ranimant ses attraits,

— S'écrie : « Allons, allons souper au frais ;

« Fût-on sylvain, il faut qu'on se repose. »

NOTES DU CHANT CINQUIÈME.

PAGE 63, VERS 8.

De consulter l'immuable Destin.

Destin, Destinée, divinité aveugle, fille de la nuit et du chaos. Toutes les autres divinités étaient soumises à celle-ci.

PAGE 66, VERS 6.

De nos Vesta fit rougir la pudeur.

Vesta était la déesse du feu ou le feu même.

PAGE 66, VERS 10.

Est-ce le dieu du Thyrse ou du Trident?

Trident, sceptre à trois pointes ou fourche à trois dents, symbole de Neptune, qui marque son triple pouvoir sur la mer, de la conserver, de la soulever et de l'apaiser; c'était une espèce de sceptre dont les rois se servaient autrefois, ou plutôt un instrument marin ou harpon dont on faisait souvent usage en mer pour piquer les gros poissons que l'on

rencontre. Ce furent les Cyclopes qui en firent présent à
Neptune dans la guerre contre les Titans. On dit que Mercure lui vola un jour son trident, c'est-à-dire qu'il devint
habile dans l'art de la navigation ; ce trident entr'ouvrait la
terre chaque fois que Neptune l'en frappait.

PAGE 66, VERS 11.

Mars, ou Mercure, ou le fils de Latone ?

Mercure, celui des dieux qui, selon la fable, est le plus
occupé ; on le peignait avec la moitié du visage claire et
l'autre noire et sombre, parce qu'on croyait qu'il conduisait
les âmes aux enfers, et qu'ainsi il était tantôt au ciel ou sur
la terre et tantôt dans le royaume des ombres. Son culte
n'avait rien de particulier, sinon qu'on lui offrait les langues
des victimes, emblème de son éloquence.

Latone fut aimée de Jupiter. Junon, par jalousie, fit naître
le serpent Python pour tourmenter sa rivale. Elle avait fait
promettre à la Terre de ne lui donner aucune retraite ; mais
Neptune, touché de compassion, fit sortir du fond de la mer
l'île de Délos, où Latone, changée en caille par Jupiter, se
réfugia, et où, à l'ombre d'un olivier, elle accoucha de Diane
et d'Apollon.

CHANT SIXIÈME

SOMMAIRE

DU CHANT SIXIÈME.

Le faune se met à table avec Vénus et l'Amour; les Graces prennent leur lyre. Aglaé peint l'enfance de l'Amour et ses conquêtes, les amours d'Antiope et de Pasiphaé, etc., etc. Thalie chante et danse un dithyrambe en s'accompagnant du tambourin; mais son chant est si animé et si expressif, qu'un vertige soudain s'empare de tous ceux qui écoutent, et on se livre aux plus bruyants transports.

LE SOUPER.

Cᴇ temps n'est plus où l'on soupait gaîment.
La vanité, le luxe et l'indolence
De nos festins ont banni l'enjoûment.
Nous buvons mal; nous aimons faiblement;
L'ennui nous gagne au sein de l'opulence.
Eh quoi! Français, Bacchus sur vos coteaux
A-t-il en vain répandu ses largesses?
Ou des pressoirs d'Auvilé, de Citeaux,
A-t-il pour vous fait tarir les richesses?

Ah ! vos aïeux méritaient ses faveurs :
Amants la nuit, dès le matin buveurs,
Leurs jours coulaient entre ces deux ivresses,
Et l'on voyait leur front mâle et guerrier
Unir le pampre et le myrte au laurier.
Rappelez-vous les convives du Temple ;
Ou de mon faune au moins suivez l'exemple.
Et venez voir à ce souper divin
Comme l'Amour est brillant dans le vin.

Dans un salon où Zéphyre et Pomone
Ont réuni le printemps et l'automne,
Par les Plaisirs nos amants sont servis.
Vénus est là ; le faune est vis-vis.
Entre les deux, l'Amour, qui les couronne,
Rit de les voir se donner l'air décent
D'une novice et d'un jeune innocent.
Des vases d'or, pleins d'un mets délectable,
Brillent aux yeux, et parfument la table.
Ce mets exquis, pur aliment des dieux,
Est l'ambroisie, ineffable mélange
De tous les fruits les plus délicieux :
C'est la grenade, et la pêche, et l'orange,

Et du cédrat l'acide parfumé,

Et du melon l'élixir exprimé,

Et la cerise en liqueur transparente,

Et la framboise, et la fraise odorante,

Et tous les sucs dont la fille du ciel,

L'active abeille, assaisonne son miel.

Pour le nectar, c'est la plus pure essence

Des vins d'Aï, de Tokai, de Constance.

Le bon Silène en tria le raisin,

La jeune Hébé l'exprima de sa main.

— « Çà, dit l'Amour, que le nectar abonde !

« Graces, versez à la reine du monde ;

« Versez au dieu qu'elle admet à sa cour. »

Le faune alors sans nuage se montre :

A cette vue on s'écrie alentour :

Ah ! le beau couple ! ah ! l'heureuse rencontre !

Les chastes sœurs se disaient tour à tour :

Comme il est fier ! comme il est fait au tour !

Sans s'émouvoir, le faune prend sa coupe,

Boit aux plaisirs de l'immortelle troupe,

Lorgne Vénus, et trinque avec l'Amour.

Vénus rougit, et n'en est que plus belle.

— « Oui, je le veux, il faut bien recevoir

« Ce jeune dieu ; c'est un ami, dit-elle,

« Que je me fais : on n'en peut trop avoir. »

Le nectar coule, et le faune s'enivre.

Vénus s'anime, et bientôt s'attendrit.

L'enfant malin l'agace et lui sourit.

— « Voilà, dit-il, ce que j'appelle vivre.

« Au ciel, à table, on s'ennuie à loisir.

« Gêné sans cesse, on s'écoute, on s'observe.

« Junon la prude et la sage Minerve

« Prennent l'alarme au seul nom du plaisir ;

« Mars a toujours des combats dans la tête ;

« Apollon rêve et fait des vers nouveaux ;

« Neptune a l'air d'une sombre tempête ;

« Hercule boit ou conte ses travaux ;

« Vulcain, qui boude au milieu d'une fête,

« Dans tous les dieux voit autant de rivaux ;

« Hors de chez lui Jupiter est aimable,

« Mais, dans sa cour, sa majesté l'accable.

« Pour s'amuser, il faut de sa grandeur

« Savoir descendre, oublier l'étiquette,

« Et la décence, et même la pudeur :

« Tout cela nuit, tout cela m'inquiète.

« Qu'en pensez-vous, beau-père? — Dans nos bois,

« Dit le sylvain, nos désirs sont nos lois.

« Qu'une dryade indocile et farouche

« Ose s'en plaindre, à l'instant sur sa bouche

« Mille baisers vous lui coupent la voix.

— « Fort bien. Voilà les mœurs du premier âge.

« Comme on aimait dans ce siècle sauvage!

« Dieux et mortels, tout était confondu.

« En s'éclairant, le monde s'est perdu.

« Nymphes, allons, tandis que je vais boire,

« Rappelez-moi les beaux jours de ma gloire. »

Il dit : déjà les lyres sont d'accord.

L'air retentit de leur brillant prélude,

Et des échos de ce paisible bord

Leurs sons divins charment la solitude.

Aglaé chante et peint l'Amour enfant,

Lorsque des cieux il revint triomphant,

Après son char traînant la cour céleste.

Dans un cantique, en langage modeste,

Elle exprimait les feux de Danaé,

Ceux d'Antiope et de Pasiphaé;

Comment Europe au taureau fut docile;

Quelle attitude avait prise Léda,

Dans le moment qu'au cygne elle céda,

Pour lui donner un accès plus facile.

Dans le récit, par le chant animé,

Chacun croit voir Jupiter, emplumé,

Flattant d'une aile agile et caressante

Le bout vermeil d'une gorge naissante;

On lui voit tendre un bec voluptueux,

Et de son cou flexible et tortueux

On voit s'enfler la plume frémissante.

A ce tableau, si décemment gazé,

Le faune ému se sentit embrasé.

— « Vous m'enchantez, nymphe; vous êtes digne

« D'avoir, dit-il, tous les dieux pour amants.

« Soyez Léda, je serai votre cygne,

« Et que je sois mutilé si je mens!

— « Ah! dit Vénus, laissez là vos serments,

« Ils font trembler. — Çà, que la plus ingambe

« Des chastes sœurs, dit l'enfant de Cypris,

« Pour achever d'enivrer nos esprits,

« Nous chante et danse un joyeux dithyrambe.

« J'aime celui qu'Ariane, en buvant

« Avec Bacchus, répétait si souvent. »

L'air fut chanté par l'aimable Thalie.
Jeune Guimard, elle avait ton minois,
Et l'on crut voir Ariane embellie.
Pour animer et ses pas et sa voix,
Le tambourin, qu'inventa la Folie,
En voltigeant frémissait sous ses doigts.

Viens, Bacchus, viens, je te livre
Et ma raison et mon cœur.
Verse-moi de ta liqueur.
Que dans tes bras je m'enivre !
Je veux mourir et revivre
Dans les bras de mon vainqueur.
Oui, dieu charmant, je t'adore;
Verse-moi, je brûle encore,
Verse-moi de ta liqueur.
D'amour, de vin je m'enivre,
Je me livre
A mon vainqueur.

Qu'il est fier de son empire,
Ce jeune insolent,
Ce dieu pétulant!
Il a d'un satyre
L'œil étincelant :

Le dieu de la lyre,

Le blond Délien,

Le Castalien

A-t-il ce délire?

Il chante au milieu

De ses neuf pucelles :

Plus heureuses celles

Que mon jeune dieu

Promène en tout lieu,

Bacchantes nouvelles!

La tête à l'envers,

Sur des pampres verts,

Il fait avec elles

Bien mieux que des vers!

Insipide

Aganippide,

Je ne bois point de tes eaux.

Le bel ambre

De septembre

Ne croît point sur tes roseaux.

Sous la treille

Je sommeille,

Ivre encor de mes plaisirs.

Plus vermeille,

Je m'éveille,

Brûlant de nouveaux désirs.

Est-il de Ménade

Plus folle que moi?

Verse encor rasade,

Plus j'aime et je boi,

Plus ma soif augmente.

Bacchus, ton amante

Est digne de toi.

Recommence,

Embrase-moi;

Tu me voi

Dans la démence.

Buvons, aimons,

Consumons

Ce qui me reste de vie.

Tu le rends digne d'envie

Ce trépas délicieux.

J'y touche... à mes yeux

La clarté ravie...

Je suis dans les cieux;

Mais tu m'as suivie,

Et je te vois assis à la table des dieux.

Comme Thalie, au milieu de sa danse,

Pressait le nombre, et rompait la cadence,

Voilà ses sœurs qu'un vertige soudain

Saisit comme elle, et, les thyrse à la main,

D'un saut léger l'une et l'autre s'élance.

11

Il fallait voir leurs cheveux annelés
Flotter dans l'air, sur leurs dos étalés;
Il fallait voir de leur agile croupe
Le mouvement, vif et lent tour à tour,
En varier la forme et le contour.

Le dieu des bois, tenant en main sa coupe,
Les suit des yeux, les observe en détail,
Tel qu'un lion rôde autour d'un bercail,
L'œil enflammé, la crinière dressée,
La gueule ardente et l'haleine pressée.
Plus il regarde, et plus la soif du sang
En lui s'allume : un rugissant murmure
De sa fureur est le terrible augure,
Et de sa queue il se frappe le flanc...
Tel est le faune. On voit que l'infidèle
Tout bas rumine un énorme attentat.
Vénus le sent qui trépigne auprès d'elle,
Et de sa rage elle prévoit l'éclat.
Il n'est plus temps, il a perdu la tête.
— « Par tous les dieux, je serai de la fête,
« Dit l'insensé. Voyez en quel état
« Vous m'avez mis. Plus de frein qui m'arrête.

« Non, voyez-vous, je n'entends plus raison.

« Parjure, impie, il ne m'importe guère ;

« Que ce nectar me serve de poison...

« Je brave tout, tant je suis en colère. »

Il dit, boit, jure et se lève éperdu.

L'Amour lui-même en était confondu.

Vénus s'écrie et tremble pour les Graces.

Le ravisseur, qui vole sur leurs traces,

Les voit tomber sur un sopha de fleurs.

C'en était fait, si Vénus, tout en pleurs,

N'eût secouru la timide innocence,

Et du sylvain réprimé la licence.

Chacun la voit s'exposer seule aux coups

De l'ennemi, pour les recevoir tous.

— « Frappe, dit-elle, et me prends pour victime.

« Je me dévoue au transport qui t'anime :

« De ces beautés épargne la pudeur,

« Et sur Vénus assouvis ton ardeur. »

Disant ces mots, elle se précipite

Sur les trois sœurs, à qui le cœur palpite.

Déja sylvain se livre à ses élans;

Vénus soutient tout le poids de sa chute,

A ses désirs se croyant seule en butte.

Mais la fortune aime les insolents,

Et celui-ci fut plus heureux que sage.

Sur le sopha trois jolis corps tout nus

De mille attraits laissaient voir l'étalage,

Et se groupaient sous le dos de Vénus.

Le faune plonge, et d'abord sa main pose

Sur un beau sein tout parsemé de lys

Et couronné par un bouton de rose.

Ce sein, rival des attraits de Cypris,

Était le tien, languissante Euphrosine.

L'autre main glisse... ô pudeur! en quel lieu

T'ose insulter cette main libertine?

Et jusqu'où va l'insolence d'un dieu?

Tendre Aglaé, tu rougis de l'offense;

Tu voulus même y résister un peu;

Mais l'endroit faible était pris sans défense.

Or, admirez comme tout réussit

Aux gens heureux. Vénus, qui s'adoucit,

Laisse tomber sa tête languissante;

De la déesse écartant les cheveux,

Thalie approche une bouche innocente.

Le sacrilège, au comble de ses vœux,

Croit voir éclore une rose naissante.

Sur cette bouche entr'ouverte au plaisir

La sienne imprime un baiser tout de flamme.

La nymphe et lui, pleins du même désir,

Semblent vouloir entre-lacer leur ame.

Ah ! s'il pouvait un moment s'échapper !...

Oui, mais Vénus a soin de l'occuper.

De ses deux bras lui faisant une chaîne :

— « Dégage-toi, si tu peux, de mon sein,

« Dit-elle ; ingrat, quel était ton dessein ?

« Je veux, je veux t'accabler de ma haine. »

Dans la colère on ne sait ce qu'on dit.

Vénus s'égare, et s'agite, et bondit.

L'exemple anime, et l'on voit les trois Graces,

Sans hésiter, suivre gaîment ses traces.

Sur le sopha tout s'ébranle et s'émeut ;

Le faune, hélas ! y fait bien ce qu'il peut.

Tel que l'on voit ou Daquin ou Balbâtre,

Sur un clavier, où voltigeaient ses doigts,

Frapper d'accord dix touches à la fois :

Tel, se jouant sur ce groupe d'albâtre

Le faune agile y répand alentour

Le mouvement, la chaleur et l'amour.

Il tient Vénus et les Graces ensemble;

Il les domine, il les voit s'enflammer,

Brûler pour lui, dans ses bras se pâmer.

Est-il à plaindre? amis, que vous en semble?

Après cela, soyez respectueux.

Au ravisseur impie, incestueux,

Vous eussiez dit que l'Amour en colère

Ferait subir une peine exemplaire :

Le petit traître à ces noirs attentats

Applaudissait en riant aux éclats.

Ah! devant lui le crime est de déplaire.

Les chastes sœurs crurent devoir se taire

Sur leurs plaisirs; mais Vénus s'en douta.

En rougissant, elle se rajusta,

Puis se plaignit d'avoir été bien aise,

Fit le procès au faune pétulant,

Voulut chasser cet heureux insolent,

Puis s'appaisa, car enfin l'on s'appaise.

NOTES DU CHANT SIXIÈME

PAGE 75, VERS 9.

Le bon Silène en tria le raisin.

Silène, père nourricier de Bacchus.

PAGE 75, VERS 10.

La jeune Hébé l'exprima de sa main.

Hébé, déesse de la jeunesse, fille de Jupiter et de Junon.
Cette déesse, ayant été invitée à un festin par Apollon, y
mangea tant de laitues sauvages, que, de stérile qu'elle avait
été jusqu'alors, elle devint enceinte d'Hébé.

PAGE 76, VERS 10.

Junon la prude et la sage Minerve.

Minerve était la déesse de la sagesse et de la guerre, des
sciences et des arts : sa naissance a une cause fort originale. Jupiter, après avoir dévoré Métis, se sentant un grand
mal de tête, eut recours à Vulcain, qui d'un coup de hache
lui fendit la tête. Minerve sortit tout armée de son cerveau.

Elle fit sortir de terre un olivier, ce qui lui valut la vénéra-
tion de la multitude. Les animaux qui lui étaient consacrés
étaient surtout la chouette et le dragon, qui accompagnent
souvent ses images; c'est ce qui fit dire assez plaisamment à
Démosthène que Minerve se plaisait dans la compagnie de
trois vilaines bêtes, la chouette, le dragon et le peuple.

PAGE 76, VERS 13.

Apollon rêve et fait des vers nouveaux.

Apollon. Comme sa sœur Diane, il eut trois noms : on l'appelait Phébus au ciel, du mot *Phoibos,* lumière ou vie, parce
qu'il conduisait le char du soleil, traîné par quatre chevaux ;
Liber sur la terre, et Apollon aux enfers. Dieu de la poésie,
de la musique, de l'éloquence, de la médecine, des augures
et des arts, il présidait au concert des muses.

Le monument le plus célèbre qui nous reste de l'antiquité est le fameux Apollon du Belvédère, dont le célèbre
Winkelmann a fait cette description poétique :

« De toutes les statues antiques qui ont échappé à la
« fureur des barbares et à la main destructive du temps,
« la statue d'Apollon est sans contredit la plus sublime : on
« dirait que l'artiste a composé une figure purement idéale
« et qu'il n'a employé de matière que ce qu'il fallait pour
« exécuter et représenter son idée. Autant la description
« qu'Homère a faite d'Apollon surpasse les descriptions
« qu'en ont essayées après lui les autres poètes, autant cette
« statue l'emporte sur toutes les figures de ce même dieu.

« Sa taille est au-dessus de celle de l'homme; et son attitude
« annonce la grandeur divine qui le remplit. Un éternel
« printemps, tel que celui qui règne dans les champs fortu-
« nés de l'Élysée, revêt d'une aimable jeunesse son beau
« corps et brille avec douceur sur la fière structure de ses
« membres. Pour mieux sentir tout le mérite de ce chef-
« d'œuvre de l'art, il faut se pénétrer des beautés intellec-
« tuelles et devenir, s'il se peut, créateur d'une nature
« céleste, car il n'y a là rien qui soit mortel, rien qui soit
« sujet aux besoins de l'humanité. Ce corps, dont aucune
« veine n'interrompt les formes et qui n'est agité par aucun
« nerf, semble animé d'un esprit céleste qui circule comme
« une douce vapeur dans tous les contours de cette admirable
« figure. Ce dieu vient de poursuivre Python, contre lequel
« il a tendu pour la première fois son arc redoutable ; il l'a
« atteint dans sa course rapide et vient de lui porter le
« coup mortel. Pénétré de la conviction de sa puissance
« et comme abîmé dans une joie concentrée, son regard
« pénètre au loin dans l'infini et s'étend bien au delà de sa
« victoire ; le dédain siège sur ses lèvres, l'indignation qu'il
« respire gonfle ses narines et monte jusqu'à ses sourcils :
« mais une paix inaltérable est peinte sur son front ; son œil
« est plein de douceur, tel qu'il est quand les Muses le
« caressent. Parmi toutes les figures qui nous restent de
« Jupiter, il n'y en a aucune dans laquelle le père des dieux
« approche de la grandeur avec laquelle il se manifesta jadis
« à l'intelligence d'Homère ; mais dans les traits de l'Apollon
« du Belvédère on trouve les beautés individuelles de toutes

« les autres divinités réunies comme dans celle de Pandore.
« Ce front est le front de Jupiter, renfermant la déesse de la
« sagesse ; ces sourcils, par leur mouvement, annoncent la
« volonté suprême ; ce sont les grands yeux de la reine des
« déesses, arqués avec dignité, et sa bouche est une image
« de la volupté ; semblable aux tendres sarments de la vigne,
« sa belle chevelure flotte autour de sa tête, comme si elle
« était légèrement agitée par l'haleine du zéphyr. Elle semble
« parfumée de l'essence des dieux et se trouve attachée avec
« une pompe charmante au haut de sa tête par la main des
« Grâces. A l'aspect de cette merveille de l'art, j'oublie tout
« l'univers, et mon esprit prend une disposition surnaturelle
« propre à en juger avec dignité. De l'admiration je passe
« à l'extase ; je sens ma poitrine qui se dilate et s'élève,
« comme l'éprouvent ceux qui sont remplis de l'esprit des
« prophéties ; je suis transporté à Délos dans les bois sacrés
« qu'Apollon ornait de sa présence. Cette statue semble
« s'animer, comme le fit jadis la beauté sortie du ciseau de
« Pygmalion. Mais comment te décrire, ô inimitable chef-
« d'œuvre ! il faudrait pour cela que l'art même daignât
« m'inspirer et conduire ma plume ; les traits que je viens
« de crayonner, je les dépose devant toi, comme ceux qui,
« venant pour couronner les dieux, mettaient leurs couronnes
« à leurs pieds, ne pouvant atteindre à leur tête. »

PAGE 76, VERS 14.

Neptune a l'air d'une sombre tempête.

Neptune, Dieu des mers.

PAGE 76, VERS 15.

Hercule boit ou conte ses travaux.

Hercule, nom commun à plusieurs héros de l'antiquité.
L'Hercule le plus connu, celui qu'honoraient les Grecs et les
Romains, et auquel se rapportent presque tous les anciens
monuments, est le fils de Jupiter et d'Alcmène, femme
d'Amphitryon. La nuit qu'il fut conçu dura, dit-on, l'espace
de trois nuits; mais l'ordre des temps n'en fut pas dérangé,
parce que les nuits suivantes furent plus courtes.

Le jeune Hercule eut plusieurs maîtres : il apprit à tirer
de l'arc de Rhadamanthe et d'Euryte; de Castor, à combattre tout armé; Chiron fut son maître en astronomie et en
médecine. Linus, selon Elien, lui enseigna à jouer d'un
instrument qui se touchait avec l'archet; et, comme Hercule
détonnait en touchant, Linus l'en reprit avec sévérité. Hercule, peu docile, ne put souffrir la réprimande, lui jeta son
instrument à la tête, et le tua du coup. Il devint d'une
taille extraordinaire et d'une force de corps incroyable.
C'était aussi un grand mangeur : un jour qu'il voyageait avec
son fils Hyllus, il demanda des vivres à un laboureur qui
était à sa charrue, et, parce qu'il n'en obtint rien, il détacha

un des bœufs de la charrue, l'immola aux dieux et le mangea. Cette faim canine l'accompagna jusque dans le ciel ; aussi Callimaque exhorte Diane à prendre non pas des lièvres, mais des sangliers et des taureaux, parce qu'Hercule n'avait point perdu entre les dieux la qualité de grand mangeur qu'il avait eue parmi les hommes. Il devait être encore un grand buveur, si l'on en juge par la grandeur énorme de son gobelet : il fallait deux hommes pour le porter ; quant à lui, il n'avait besoin que d'une main pour s'en servir, lorsqu'il le vidait.

Hercule eut plusieurs femmes et un plus grand nombre de maîtresses ; les plus connues sont Mégare, Omphale, Iole, Épicaste, Partenope, Déjanire et la jeune Hébé, qu'il épousa dans le ciel.

Un ancien auteur le peint extrêmement nerveux, avec des épaules carrées, un teint noir, un nez aquilin, de gros yeux, la barbe épaisse, les cheveux crépus et horriblement négligés.

PAGE 77, VERS 11.

Nymphes, allons, tandis que je vais boire.

Nymphe. Ce nom, dans la signification naturelle, signifie une nouvelle mariée ; on l'a donné dans la suite à des divinités qu'on représentait sous la figure de jeunes filles.

PAGE 77, VERS 21.

Elle exprimait les feux de Danaé.

Danaé, fille d'Acrisius, roi d'Argos, fut enfermée fort

jeune dans une tour d'airain, par son père, sur la foi d'un oracle qui lui annonçait que son petit-fils devait un jour lui ravir la couronne et la vie ; mais Jupiter se changea en pluie d'or, et, s'étant introduit dans la tour, rendit Danaé mère de Persée.

PAGE 77, VERS 22.

Ceux d'Antiope et de Pasiphaé.

Antiope, fille de Nyctéus, roi de Thèbes, fut célèbre dans toute la Grèce par sa beauté.

Pasiphaé, fille du Soleil, épousa Minos, dont elle eut plusieurs enfants, entre autres Deucalion, Astrée, Androgée, Ariane, etc. Vénus, pour se venger du Soleil, qui avait éclairé de trop près son intrigue avec Mars, inspira à sa fille un amour désordonné pour un taureau blanc que Neptune avait fait sortir de la mer.

PAGE 77, VERS 23.

Comment Europe au taureau fut docile.

Europe, fille d'Agénor, roi de Phénicie, et sœur de Cadmus, joignait à sa beauté une blancheur si éclatante que l'on disait qu'elle avait dérobé le fard de Junon. Jupiter, épris d'amour, la voyant un jour jouer sur le bord de la mer, avec ses compagnes, se change en taureau, s'approche de la princesse d'un air doux et caressant, se laisse orner de guirlandes, prend des herbes dans sa belle main, la reçoit sur son dos, se jette dans la mer et gagne à la nage l'île de Crète.

PAGE 78, VERS 1.

Quelle attitude avait prise Léda.

Léda. Jupiter, ayant trouvé cette princesse sur les bords de l'Eurotas, prit la figure d'un cygne, alla se jeter entre les bras de Léda, laquelle au bout de neuf mois accoucha de deux œufs ; de l'un sortirent Pollux et Hélène, de l'autre Castor et Clytemnestre.

PAGE 78, VERS 22.

J'aime celui qu'Ariane, en buvant.

Ariane, fille de Minos, roi de Crète, éprise de Thésée, venu pour combattre le Minotaure, lui donna un peloton de fil à la faveur duquel il sortit du labyrinthe.

PAGE 79, VERS 8.

Viens, Bacchus, viens, je te livre.

Bacchus était le plus gai des conquérants et des fondateurs ; il fit la conquête des Indes avec une armée d'hommes et de femmes, portant au lieu d'armes des thyrses et des tambourins ; puis il alla en Égypte, où il enseigna l'agriculture aux mortels, planta la vigne et fut adoré comme le dieu du vin. C'est lui qui inventa les représentations théâtrales et qui le premier établit une école de musique, exemptant du service militaire tous ceux qui excellaient dans cet art.

On immolait à Bacchus beaucoup de pies, parce que le vin rend indiscret.

PAGE 80, VERS 10.

Bacchantes nouvelles.

Bacchantes, femmes qui célébraient les mystères de Bacchus. Les premières femmes qui portèrent ce nom furent celles qui suivirent Bacchus à la conquête des Indes, portant à la main un thyrse ou lance courte, recouverte de lierre et de pampre ; assez souvent nues, à l'exception d'un voile léger qui voltigeait autour d'elles, la tête quelquefois entourée de serpents vivants, l'œil en feu, le regard effaré, les bacchantes couraient çà et là, faisant retentir les airs de leurs hurlements et du bruit de leurs instruments barbares, criant *Évohé,* menaçant et frappant les spectateurs, formant des danses qui consistaient en bonds irréguliers et convulsifs, déchirant de jeunes taureaux, mangeant leur chair crue ; elles allaient célébrer leurs sacrifices sur le mont Cythéron, près Thèbes.

PAGE 80, VERS 16.

Aganippide.

Aganippide, fille du fleuve Permesse, qui coule du pied du mont Hélicon. Elle fut métamorphosée en fontaine dont les eaux avaient la vertu d'inspirer les poètes, et cette fontaine fut consacrée aux Muses. Elle se jetait dans le Permesse.

PAGE 80, VERS 27.

Est-il de Ménade.

Ménades. Nom des bacchantes qui veut dire être en fureur. Ce surnom leur fut donné parce que, dans la célébration des orgies, elles étaient agitées de transports furieux, courant échevelées à demi nues, agitant le thyrse dans leurs mains, faisant retentir de leurs hurlements et du bruit des tambours les monts et les bois, en poussant la fureur jusqu'à tuer ceux qu'elles rencontraient et à porter leurs têtes en bondissant de rage et de joie.

CHANT SEPTIÈME

LE COUCHER.

Une querelle en amour vaut son prix.
Je ne veux pas qu'elle soit trop amère ;
Mais, vive et douce, elle émeut les esprits.
J'ai vu des yeux qu'enflammait la colère
L'instant d'après par l'amour attendris.
Ce n'est d'abord que plainte et que menace :
On se regarde, et soudain tout s'efface,
Et l'un et l'autre on revient plus épris.
Mais c'est surtout dans un lit que l'on boude

Bien à son aise! Appuyé sur le coude,

Sans se toucher, on est là dos à dos.

On fait semblant de chercher le repos.

Il est bien loin! Dans son inquiétude,

Chacun s'allonge, et, comme sans dessein,

L'on se rapproche. O puissante habitude!

La main s'égare et tombe sur un sein :

C'est de la paix le signe et le prélude;

Et des amours le conciliateur,

Se trouvant là, devient médiateur.

Ce fut ainsi que le faune parjure

Fit à Vénus oublier son injure.

Vénus, après la scène du soupé,

Les sens émus, l'esprit préoccupé,

Dit à l'Amour : — « C'est demain qu'on me fête;

« J'aurais voulu que ce fût un beau jour;

« Et les rumeurs du céleste séjour

« Ne m'ont promis qu'orage et que tempête.

« Junon me hait, tous les dieux sont jaloux;

« Pour défenseur enfin je n'ai que vous.

— « Et c'est assez; oh, oui! soyez tranquille.

« On doit savoir qui je suis dans les cieux.

« Je châtîrai tous ces audacieux,

« Oui, tous, moi seul, fussent-ils encor mille ;

« Mais, de mes soins en attendant le fruit,

« Au criminel accordez un asyle,

« Et qu'avec vous il passe au moins la nuit.

« Adieu ; bientôt vous allez voir éclore

« Le plus beau jour que l'Olympe ait produit. »

Il dit et vole au palais de l'Aurore.

En se couchant, Vénus boudait encore.

Sa cour s'éloigne, et le faune lui dit :

« Nous voilà seuls ; te voilà dans ton lit ;

« Et moi, Vénus ? et l'amant qui t'adore ?

« Puis-je du moins auprès de tant d'appas... ?

— « Oui, couchez-vous ; mais ne m'approchez pas. »

Il obéit ; d'abord on lui rappelle

Son imprudence et puis sa trahison.

C'est le nectar qui troublait sa raison.

— « Moi, te trahir ! moi, dit-il, infidèle !

« Eh ! puis-je avoir une amante plus belle ? »

Quoique éloquent, ce discours eut besoin

D'être appuyé : Vénus était fâchée ;

Et, si le faune eût parlé de plus loin,

Ce qu'il eût dit l'eût faiblement touchée,

Mais il ajoute à sa péroraison

Une si belle et si bonne raison,

Avec tant d'art le perfide insinue

De son amour cette preuve ingénue,

Que, si Vénus refuse encor de voir

La vérité, comme on dit, toute nue,

Elle en ressent du moins tout le pouvoir.

Elle a beau feindre : elle n'est plus si fière.

Son ame s'ouvre à ce trait de lumière ;

Et le dépit, qui devait l'émousser,

En expirant ne put le repousser.

Vénus le sent qui pénètre et l'enflamme.

— « Te voilà donc, fier tyran de mon ame ?

« Es-tu, dit-elle, assez sûr d'obtenir

« Ce que tu veux ? Je devais te punir.

« Tu vois quelle est ta peine et ma vengeance.

« Offense-moi : tu le peux sans remords ;

« Mon cœur sera toujours d'intelligence

« Avec le tien : pour de si jolis torts

« J'aurai toujours une pleine indulgence,

« Et l'on a droit de les multiplier,

« Avec ce don de les faire oublier. »

Que de bonté! mais le faune en est digne.
On fait la paix ; la volupté la signe ;
Chacun la jure, hélas ! peut-être en vain ,
Et le baiser y met son sceau divin.

Belle Vénus, tandis que tu reposes,
Que dans tes bras le faune est étendu ,
Que le Sommeil tient son vol suspendu , ,
Pour vous verser des pavots et des roses ;
Vers l'orient l'Amour est arrivé ,
A ce palais dans les airs élevé ,
Dont le Soleil voit ouvrir la barrière
Par sa brillante et jeune avant-courrière.
Mais comment peindre, à moins de le ternir,
Ce que nos yeux ont peine à soutenir,
Même à travers une vapeur grossière?
L'Inde jamais n'a rien vu de pareil.
L'or, l'émeraude et le rubis vermeil
Ne seraient là qu'une obscure poussière.
Un péristyle en faisceaux de rayons ,
Non pas éteints, comme nous les voyons,
Mais dans l'éclat de leur source première,
S'élève et porte un dôme de lumière.

Le beau ruban de l'écharpe d'Iris

Serait fané près des couleurs sans nombre

Qui de ce dôme émaillent les lambris;

De ces couleurs notre lumière est l'ombre;

Tout l'édifice, arrondi dans son plan,

Et suspendu sur le vaste Océan,

A pour enceinte un amas de nuées,

Subtiles eaux dans l'air atténuées,

D'or et d'azur voiles étincelants,

D'où sort Phébus, la tête échevelée,

Lorsqu'il commande à ses coursiers brûlants

De s'élancer vers la voûte étoilée.

De ce palais sublime et radieux

Aussi l'éclat n'est fait que pour les dieux;

Et, quand l'Aurore y reçoit dans sa couche

Quelque mortel dont la beauté la touche,

Elle lui met un voile sur les yeux.

C'était ainsi qu'avec le beau Céphale

Elle arrosait la rive orientale

De ce parfum qui fait naître les fleurs,

Et qu'on a pris bonnement pour des pleurs.

C'est ainsi qu'oubliant la nature,

Ivre d'amour, elle allongeait, dit-on,

Ses douces nuits dans les bras de Tithon.

De ce Tithon vous savez l'aventure.

Il vieillissait d'un lustre chaque fois ;

Et deux par jour, c'est trois cents ans par mois.

De sa jeunesse un amant est prodigue :

Tithon le fut ; ses beaux jours sont passés.

L'Aurore en vain s'obstine et se fatigue

A ranimer ses sens déjà glacés.

Elle pleurait ses inutiles charmes ;

Elle voulait fuir le monde et le jour ;

Elle arrosait son palais de ses larmes,

Quand tout à coup on annonça l'Amour.

— « L'Amour ! ô ciel ! c'est en lui que j'espère ;

« Qu'il vienne, hélas ! qu'il vienne et qu'il opère

« Ce que n'ont pu tous mes faibles attraits.

« Dieu de mon cœur ! le plus beau de tes traits

« Est émoussé. Tithon, la vigueur même,

« En qui d'abord je croyais voir unis

« Les dons d'Hercule aux charmes d'Adonis ;

« Le beau Tithon, que j'adore et qui m'aime...

— « Eh bien ! Tithon ? — Nos plaisirs sont finis.

— « Il est mort ! — Non ; mais il est vieux, dit-elle.

« Viens par pitié ; vois sa langueur mortelle.

« Je l'avais pris à la fleur du printemps ;

« Qui me l'eût dit ? il est nul à vingt ans.

— « Je plains Tithon ; mais, vous, grande déesse,

« Reprit l'Amour, avez-vous la faiblesse

« D'être sensible à ce petit malheur ?

« N'êtes-vous pas de celles qui nous disent

« Que pour jouir deux ames se suffisent,

« Que l'on s'en aime avec plus de chaleur ?

« N'avez-vous pas la confiance intime,

« L'amitié tendre et la solide estime ?

« Pour vous le reste est de peu de valeur.

— « Ah ! dieu charmant, tu ris de ma douleur ;

« Mais tu sais bien qu'elle n'est que trop juste.

« Que mon amant soit plus ou moins robuste,

« J'entends raison : je prendrai mon parti ;

« Mais à vingt ans le voir anéanti !

« Ah ! cette épreuve épuise ma constance.

« Je n'ai d'espoir que dans ton assistance.

« Amour, guéris cette froide langueur ;

« Rends à Tithon sa beauté, sa vigueur,

« Ou je me livre à ma douleur profonde.

« Oui, je l'implore à tes pieds sans rougir.

« La vanité ne me fait point agir ;

« J'oublie, hélas! que je suis immortelle.

« Il me suffit d'obtenir du Destin

« Que de Tithon l'ardeur se renouvelle

« Deux fois le soir et deux fois le matin.

— « Rien n'est plus juste, et rien n'est plus modeste,

« Reprit l'Amour. Ne désespérez pas

« De mon pouvoir, aidé de vos appas.

« Nous détruirons ce charme si funeste.

« Mais, vous, déesse, il faut vous signaler

« En ma faveur. — Ah! tu n'as qu'à parler.

— « Demain, dit-il, de Vénus c'est la fête ;

« Et, si Junon s'était mis dans la tête

« De la troubler, comme elle a fait souvent...

— « Va, ne crains rien ; l'Aurore, en se levant,

« Aux aquilons imposera silence.

« Mieux que Junon, je les tiens sous ma loi,

« Et, quand je veux calmer leur violence,

« Les plus fougueux se taisent devant moi.

« Dis à Vénus que, depuis sa naissance,

« Jamais le ciel n'aura vu si beau jour :

« Il sera digne et d'elle et de l'Amour.

« Et dans le deuil je vais plonger le monde.

« Irai-je, hélas! le front chargé d'ennuis,

« Baigner le ciel des pleurs où je me noie?

« Pour annoncer de beaux jours avec joie,

« Il faut avoir passé d'heureuses nuits.

« Il n'en est plus pour la plaintive Aurore

« Sans la faveur qu'à tes pieds elle implore :

« Oui, sur mes soins dès que tu te reposes,

« Je vais du ciel faire un voile d'azur,

« De l'océan le cristal le plus pur,

« Et de la terre un beau tapis de roses.

« Mon bel enfant, mon cher petit vainqueur,

« Ah! tu sais bien qu'à ton gré tu disposes

« De mon pouvoir, ainsi que de mon cœur;

« Mais prends pitié des maux que tu me causes.

— « Ma foi, dit-il, tu fais si bien les choses,

« Qu'en bon ami c'est à moi d'en user.

« Ne tardons plus. Tiens, reçois ce baiser,

« Et sur les yeux de ton amant fidèle,

« Va l'imprimer, tu verras. » L'immortelle

Vole à Tithon, lui donne tour à tour

Sur les deux yeux le baiser de l'Amour.

— « C'est moi, Tithon, c'est l'Aurore... Ah! dit-elle,

« Il se ranime ; une vive étincelle

« Brille en ses yeux : le charme a réussi.

« Allons, encore un baiser qui le touche.

— « Tiens, ma déesse, aspire celui-ci,

« Va l'appliquer tout brûlant sur sa bouche,

« Et tu verras. » Comme il l'avait prédit,

Tithon s'émut, soupira, s'étendit,

Témoigna même une légère envie.

— « Ce n'est point là le vrai signe de vie,

« Reprit l'Amour. Porte encore à Tithon,

« Déjà tout près de perdre la raison,

« Ce baiser-là ; que ta lèvre au plus vite

« L'imprime juste où le cœur lui palpite,

« Et tu verras. » La déesse obéit,

Et de Tithon le cœur s'épanouit.

Son sang circule avec plus de vitesse ;

Son teint reprend l'éclat de la jeunesse ;

De tous ses sens le ressort est tendu.

D'un seul encor l'usage est suspendu.

— « Achève, Amour, achève le miracle ;

« A mon bonheur il n'est plus qu'un obstacle,

« Dit la déesse, et je sens qu'un baiser

« Va le détruire. Ah ! peux-tu refuser

« Ce nouveau charme à ma bouche amoureuse?

— « Tiens, le voilà, dit l'Amour, sois heureuse.

— « Et ce baiser, demanda-t-elle au dieu,

« Où le mettrai-je? — Où tu voudras. Adieu. »

NOTES DU CHANT SEPTIÈME

PAGE 101, VERS 7

Il dit et vole au palais de l'Aurore.

L'Aurore, déesse qui devint amoureuse du jeune Tithon. Elle l'enleva, l'épousa et en eut deux fils dont la mort lui fut si sensible que ses larmes abondantes produisirent la rosée du matin ; il n'y a pas d'inscription poétique qui puisse valoir le tableau du lever de l'Aurore par le Guide. « Tandis que la nuit enveloppe encore la mer, qui est cepen-« dant éclairée par intervalles, on voit paraître l'Aurore, « jeune, belle, simple, vêtue de voiles de toutes les cou-« leurs, emblèmes ingénieux et brillants des nuages qui l'ac-« compagnent; elle tient dans ses mains des fleurs et par-« fume les airs, qu'elle rougit par degrés. Elle s'avance en « regardant d'un air attendri le Soleil, qui la suit et la regarde « aussi avec attendrissement : en effet, l'Aurore et le Soleil « ne peuvent s'atteindre; ils s'entrevoient à peine un mo-« ment dans les beaux jours. Cependant quatre superbes « coursiers rasent en bondissant les flots azurés, qui s'en-« flamment et emportent le char vermeil. Les plus jeunes

« filles de l'Aurore, les premières heures si ressemblantes
« à leur mère et si semblables entre elles, se tiennent en
« riant, par la main, autour du char, tandis que, planant
« entre la déesse et les coursiers, l'Amour porte le flambeau
« du Soleil, le secoue sur l'univers, et à l'instant le jour
« brille. »

PAGE 104, VERS 1.

Le beau ruban de l'écharpe d'Iris.

Iris, messagère de Junon, qui la plaça au ciel en récompense de ses services.

PAGE 104, VERS 18.

C'était ainsi qu'avec le beau Céphale.

Céphale, mari de Procris, reçut de sa femme un présent
qui leur devint funeste à tous deux; c'était un javelot qui ne
manquait jamais son coup : ce présent ne fit qu'ajouter à la
passion de Céphale pour la chasse. Procris, inquiète de ses
absences et jalouse, s'avisa de le suivre secrètement et s'embusqua sous un feuillage épais; son époux, excédé de fatigue
et de chaleur, étant venu par hasard se reposer sous un arbre
voisin, sa femme, qui l'entendit, imaginant qu'il parlait à
une rivale, fit un mouvement qui agita le feuillage. Céphale,
croyant que c'était une bête fauve, lança le dard qu'il avait
reçu d'elle et la tua; il reconnut son erreur et se perça avec
le même javelot. Jupiter, touché du malheur des deux époux,
les changea en astres.

PAGE 105, VERS 2.

Ses douces nuits dans les bras de Tithon.

Tithon, fils de Laomédon et frère de Priam. L'Aurore
l'aima et obtint pour lui de Jupiter l'immortalité; mais elle
oublia de demander qu'il ne vieillît pas, et il devint si vieux
qu'il fallut l'emmailloter comme un enfant; enfin, ennuyé
des infirmités de la vieillesse, il désira être changé en cigale,
et il obtint cette faveur.

CHANT HUITIÈME

SOMMAIRE

DU CHANT HUITIÈME.

Junon, qui déteste Vénus depuis le jugement de Pâris, et qui ne peut lui pardonner d'avoir eu la pomme destinée à la plus belle, a résolu de troubler sa fête ; elle va trouver Éole, et la fière déesse obtient de lui qu'il déchaînera les vents ; déjà on aperçoit des traces de leur passage : des vaisseaux sont brisés, des arbres déracinés, etc., etc., lorsque l'Aurore, reconnaissante des bontés de l'Amour, appaise les vents, et rend au ciel sa sérénité. Vénus et le faune s'éveillent en ce moment.

LE LEVER.

Voila Tithon dans les bras de l'Aurore ;
Plus frais, plus jeune et plus beau que jamais.
Je vous les livre, et pour moi je m'en vais
Voir mes héros, qui sommeillent encore.
Que le sommeil est doux en ce moment !
L'ame apaisée est heureuse en silence ;
Dans sa langueur, elle est tout sentiment ;
La volupté l'émeut sans violence ;
L'illusion la berce mollement ;

On croit la voir qui nage et se balance

Dans le plaisir, son tranquille élément.

De leur bonheur ainsi l'ame encor pleine,

Ivres encor de leurs plaisirs passés,

Nos deux amants se tenaient enlacés,

Et l'un de l'autre ils respiraient l'haleine.

Junon n'a pas un sommeil aussi doux ;

Le dépit sombre et le soupçon jaloux

Volent autour de son lit solitaire,

Où vainement elle attend son époux.

Dans ses ennuis le plus cruel de tous

Est de savoir qu'on s'amuse à Cythère.

Elle a beau feindre un superbe mépris

Pour l'infidèle et volage Cypris,

C'est le chagrin de la voir si jolie

Qui vient sans cesse affliger ses esprits.

Vénus sur elle a remporté le prix :

C'est un affront qui jamais ne s'oublie.

Pâris n'est plus : Troie est ensevelie ;

La moisson croît sur la cendre d'Hector ;

Mais de Junon la haine vit encor,

Et trois mille ans ne l'ont point affaiblie.

— « Demain, dit-elle, on va voir les mortels

« De ma rivale encenser les autels.

« Tous les échos de Gnide et d'Amathonte

« Vont répéter et sa gloire et ma honte.

« On va chanter que le pasteur d'Ida

« En sa faveur contre moi décida.

« Je l'ai puni, cet infidèle juge.

« Humilions celle qui l'a séduit,

« Et qu'un orage élevé cette nuit

« Plonge demain dans un nouveau déluge

« Tout l'appareil, tout l'éclat qui la suit.

« Oui, dès demain, j'en veux faire un exemple,

« Noyer l'autel, et le prêtre, et le temple,

« Et qu'à jamais son culte soit détruit. »

Junon se lève, et descend chez Éole;

Pour le gagner, doucement le cajole,

Lui dit d'abord ce qu'elle a résolu,

Puis lui promet de lui donner des filles :

— « Et tu sais bien; dit-elle, beau joufflu,

« Que dans ma cour j'en ai d'assez gentilles. »

Lui, sans chercher de détour superflu :

— « Ma foi, dit-il, de ces bonnes fortunes

« Je suis bien las! jadis elles m'ont plu;

« Mais à présent elles sont si communes!...

« M'en croirez-vous, soyons de bon accord ;

« Il est nuit sombre, et votre mari dort.

« Quelques faveurs, en secret échappées

« A sa moitié, lui feront peu de tort,

« Et c'est le droit des épouses trompées. »

Junon rougit de colère et d'orgueil ;

Et sur Éole abaissant un coup d'œil :

— « Eh quoi ! dit-elle, avez-vous l'insolence

« De demander à la reine des cieux

« Qu'elle se livre à votre pétulance ?

— « Refusez-moi, dit Éole ; tant mieux,

« Mes vents et moi garderons le silence.

« Je me propose : est-ce vous offenser ?

« Chacun le sien : c'est à vous d'y penser.

« Je suis pour vous un dieu trop subalterne ;

« Eh bien ! madame, on n'a qu'à se passer

« De mes secours : c'est à prendre ou laisser.

« Je vivrai libre au fond de ma caverne.

— « Non, lui dit-elle, il faut nous seconder,

« Nous bien entendre, et ne plus nous gronder.

— « Grondez, dit-il, grondez tout à votre aise ;

« Mais je commande ici, ne vous déplaise ;

« Et de mes vents aucun ne soufflera,

« Que mon ardeur avec vous ne s'apaise.

— « Quoi! Jupiter serait?... — Il le sera

« De ma façon; je veux que Junon m'aime;

« Je veux tâter de la grandeur suprême,

« Ou bien la paix dans les airs régnera.

— « Pourquoi pousser les choses à l'extrême?

« Peut-être un jour ma vertu cédera.

— « Un jour! Je veux jouir à l'instant même,

« Sinon demain Vénus triomphera,

« Et l'on va voir le beau temps qu'il fera.

— « Ciel, dit Junon, et comment m'y résoudre?

« Moi, femme et sœur du maître de la foudre;

« Moi!... Pourquoi non? disait-elle tout bas.

« Mon lâche époux néglige mes appas;

« Je puis goûter, par notre intelligence,

« Le doux plaisir d'une double vengeance.

« Pour se venger, que ne ferait-on pas?

« Tu le veux donc? Eh bien! soit, je m'oublie;

« Viens, sois heureux; mais garde le secret.

— « Vous avez l'air de céder à regret!

— « Non, mon enfant, je t'aime à la folie...

— « Voyez pourtant si j'étais indiscret...

16

— « Viens, sois heureux, dépêche-toi, je tremble.

« Que dirait-on de nous trouver ensemble ?

— « Mais on dirait ce qu'on voudrait, ma foi !

« Çà ! reprit-il, à présent que t'en semble ?

« Ton Jupiter aime-t-il mieux que moi ?

— « Non ; mais, du moins, jure-moi, cher Éole,

« Que de Vénus l'autel sera souillé,

« Que sur l'autel l'encens sera mouillé.

— « Je te le jure. — Adieu ; tiens-moi parole. »

— « Allons, dit-il, éveillez-vous, allons,

« Borée, Auster, et vous, noirs aquilons ;

« De l'Océan qu'on parcoure l'espace ;

« De ses vapeurs qu'on assemble la masse,

« Sur l'orient qu'on étende un rideau,

« Et qu'au soleil on oppose un bandeau.

« Junon demande une bonne tempête,

« Qui de Cythère interrompe la fête. »

Sa voix pénètre et retentit au fond

De l'antre noir où les vents couchés ronflent.

En s'éveillant, les voilà qui se gonflent

Et font entendre un bruit sourd et profond.

— « Quoi ! disent-ils, quelle est donc cette rage ?

« Junon ne peut voir le ciel sans orage,

« Et veut toujours nous entendre frémir !

« Ah !. qu'elle dorme et nous laisse dormir.

« Qu'une déesse ait la puce à l'oreille,

« C'est, ma foi, bien la peine qu'on s'éveille !

« A son service on dirait qu'elle tient

« Tous vos enfants. Qu'elle s'aille... —Elle en vient,

« Reprit le dieu. Son époux infidèle

« Est sur ma liste, et je suis content d'elle. »

Du sceptre aigu qu'il porte dans sa main,

Frappant alors une roche escarpée,

Aux vents fougueux Éole ouvre un chemin.

De sa prison la cohorte échappée

Sort à grand bruit et va se répandant,

L'un vers le nord, l'autre vers l'occident.

Sur leur passage on ne voit que ruines :

Là, des vaisseaux brisés contre un écueil,

Là, des forêts qui, malgré leur orgueil,

Baissent leurs fronts jusques à leurs racines ;

Et les débris du chêne fracassé

Marquent la route où les vents ont passé.

Des vastes mers les vapeurs exhalées

Sous un ciel noir roulent amoncelées,

Et de leur poids l'horizon surchargé

Touche au moment de se voir submergé.

Alors parut l'Aurore au teint de rose,

Fraîche et vermeille, avec l'air radieux,

L'air triomphant, dont vous savez la cause.

Mais de Junon le complot odieux

La fit pâlir. — « Quel est donc ce tapage,

« Dit-elle aux vents? Vous savez que je hais

« Ce froid humide et ces brouillards épais.

« Est-ce en grondant qu'un amant nous engage?

« Et croyez-vous me captiver jamais

« Par vos fureurs? Comme les voilà faits!

« D'où venez-vous dans ce bel équipage,

« La joue enflée et les cheveux épars?

« Vous effrayez mes timides regards :

« Retirez-vous. Si quelqu'un plus docile,

« A mon réveil venait demain sans bruit,

« Il trouverait peut-être un cœur facile,

« Car c'est toujours la douceur qui séduit. »

D'un tel espoir qu'aisément on s'abuse!

Chacun des vents se confond en excuse.

— « Moi, dit le Sud, je ne fais que passer ;

« Je vais cueillir les parfums d'Arabie,

« Et sur vos pas je reviens les verser.

— « Moi dit le Nord, je m'en vais en Libye.

« Répandre l'eau que je viens d'amasser.

— « Moi, de souffler je n'avais nulle envie,

« Dit le Ponent; mais Éole et Junon

« Me l'ordonnaient : je n'ai pu dire non.

— « Éole? Éole est fait pour me complaire,

« Reprit l'Aurore; et la reine des airs

« N'a pas le droit de troubler l'univers,

« Ni d'obscurcir l'Olympe, que j'éclaire.

« Je n'entends point toutes ces raisons-là.

« Paix, vite, allons, balayez tout cela ;

« D'un ciel serein que l'azur se déploie ;

« Puis allez dire au dieu qui vous envoie

« Que je vous chasse, et que, pour l'apaiser,

« Je lui promets le plus joli baiser.

« S'il est galant, qu'il détache Zéphyre

« Et ses pareils. J'aime un vent qui soupire ;

« Entendez-vous, c'est vous en dire assez.

« Profitez-en; allez, obéissez. »

Des vents soumis la légion s'envole,

Et du baiser l'espoir séduit Éole ;

Par un serment il vient de s'engager,

Mais chez Éole un serment est léger.

En vain Junon s'irrite et se désole ;

Du haut des airs, l'Aurore, en souriant,

Sème de fleurs le paisible orient.

Tout l'horizon n'est plus qu'une corbeille,

Où les Zéphyrs, à l'envi de l'abeille,

Vont effleurant la jonquille et le thym,

Et de parfums arrosent le matin.

Autour du char de la brillante Aurore,

Le ciel plus pur s'éclaire et se colore ;

On voit des mers les ondes s'aplanir

Pour répéter l'Olympe, qu'elle dore ;

On voit les monts, les forêts rajeunir.

Mais, ô Vénus, c'est surtout dans ton île

Que d'un printemps en délices fertile

Tous les trésors semblent se réunir.

Là, des oiseaux l'harmonieux ramage

Fait retentir les plus riants bosquets.

La pourpre et l'or de leur riche plumage,

Comme des fleurs se mêlant au feuillage,

Changent ces bois en autant de bouquets

Dont la nature à Vénus fait l'hommage.

Un nouveau charme est répandu dans l'air.

Flore a pris soin de coiffer les Naïades,

Et de leur onde, épanchée en cascades,

L'argent liquide est plus pur et plus clair.

De nos amants Vénus fut la première

Dont l'œil s'ouvrit aux traits de la lumière.

Le faune dort, sur le dos étendu ;

Mais l'Amour veille, et son arc est tendu.

— « De mon triomphe, ah ! quel heureux présage !

« Dit la déesse ; ah ! le charmant réveil !

« Que l'air est pur ! que l'Olympe est vermeil !

« Et que mon faune est beau dans le sommeil !

« C'est un Hercule à la fleur de son âge.

« J'en ai bien vu, mais jamais de pareil. »

Alors Vénus (car tel est son usage),

A deux genoux lisant son Arétin,

Fait à l'Amour l'oraison du matin.

Vous la voyez sur son lit accroupie,

Et de son mieux recueillant ses esprits,

Telle à peu près que l'un de nos Zeuxis

Vous en a fait l'élégante copie ;

Mais ajoutez qu'ici son jeune dieu

De ses genoux occupe l'intervalle,

Et que Vénus s'est campée au milieu

Du corps musclé qu'à ses yeux il étale.

— « Sommeil, dit-elle, enchante mon amant ;

« Attends, attends que le Plaisir te chasse. »

L'instinct, qui met chaque chose à sa place,

N'eut pas besoin de guide en ce moment.

Droit vers le pôle il dirige l'aimant.

Voilà le faune et Vénus face à face,

L'un en repos, et l'autre en mouvement.

Sur lui Vénus plane légèrement.

Elle s'élève, et s'abaisse, et l'agace

Par un facile et doux balancement.

Le malin faune, en voluptés habile,

Feint de dormir, et se tient immobile ;

Mais le plaisir enfin le décela ;

Et tout à coup s'élançant sur sa proie :

— « Eh quoi ! dit-il, friponne, te voilà !

« Tu fais mon rôle ; achève, et que je voie

« Si tu soutiens ce personnage-là. »

Vénus triomphe et nage dans la joie.

Vous eussiez dit, au mouvement léger,

Que se donnait l'obligeante immortelle,

Que le Plaisir l'enlevait sur son aile

Comme un volant qu'il eût fait voltiger.

Et qui peut peindre, en ce moment d'ivresse,

La beauté même unie à la tendresse?

Qui peut du faune exprimer les plaisirs,

En respirant l'ame de Cythérée,

En l'enflammant du feu de ses désirs?

Il la voyait cette amante adorée,

L'œil immobile et le cœur palpitant,

De leur bonheur précipiter l'instant.

Du plus beau sein la fraise colorée

Vient sur sa bouche au-devant du baiser;

Il la saisit, il l'aurait dévorée.

Mais tout à coup il se sent apaiser,

Et dans ses bras Vénus tombe égarée.

On n'entend plus que ces faibles accents

Qui du plaisir terminent la durée;

Et, répandue en soupirs languissants,

Leur ame enfin se détache des sens.

L'Amour arrive et les voit tête à tête :

— « Bon jour, dit-il, bon jour et bonne fête

— « Ah ! dit Vénus, que ne te dois-je pas

« Viens, cher Amour, viens, vole dans mes bras ;

« Rends-moi la vie : ah ! ce faune me tue.

— « Et vous est-il encor bien odieux ?

— « Il est charmant ; jamais aucun des dieux

« N'a su si bien... Tu m'en vois abattue.

« Tiens, le voilà qui se ranime encor.

« Vois dans ses yeux comme ton feu pétille.

« Je gagerais qu'il va prendre l'essor.

« Sauvons-nous vite, et vite qu'on m'habille. »

NOTES DU CHANT HUITIÈME.

PAGE 119, VERS 2.

Tous les échos de Gnide et d'Amathonte.

Amathonte, ville de l'île de Chypre, consacrée à Vénus. Les habitants lui avaient bâti un superbe temple, ainsi qu'à Adonis.

PAGE 119, VERS 4.

On va chanter que le pasteur d'Ida.

Ida, montagne de l'Asie-Mineure au pied de laquelle était bâtie Troie. Elle avait, au milieu, un antre où Pâris rendit son jugement entre les trois déesses. C'est là que les Idéens exercèrent l'art de travailler le fer, qu'ils avaient appris de la mère des dieux. Cette montagne était sous la protection immédiate de Cybèle.

CHANT NEUVIÈME

SOMMAIRE

Vénus se lève, et sa parure n'est qu'un négligé galant : elle se rend
à son temple; elle est longtemps en route, parce qu'elle est
obligée de répondre à toutes les demandes des vieillards, des
coquettes, des prudes, etc., etc. Description du temple de Vénus.
Junon rencontre Éole, et lui fait les plus vifs reproches de ce
qu'aucun orage n'a éclaté; Éole veut se justifier : Jupiter se mêle
de cette discussion; Junon veut répliquer, et la querelle commençait à devenir grave, lorsque Vénus descend de son trône
et réconcilie les deux époux en leur présentant son faune.

LA FÊTE.

Heureux qui prend Vénus au saut du lit !
C'est, à mon gré, le moment de la peindre.
Si quelque chose à mes yeux l'embellit,
C'est ce désordre où l'art ne peut atteindre.
Mais maint objet perd à tout laisser voir,
Et de là vient la mode et la décence.
C'est la Laideur qui, devant son miroir,
A fait les lois qu'on prête à l'Innocence.
Intéressée à sauver l'apparence.

De ses besoins elle fit un devoir.

Alors, dit-on, la pudeur prit naissance;

Elle se donne encor quelque licence,

Et le costume, avec art ménagé,

N'est pour Vénus qu'un galant négligé.

L'art même à peine entre dans sa parure;

Ce sont des fleurs, des boucles de cheveux;

C'est un ruban qui flotte à l'aventure;

C'est une gaze où voltigent les jeux.

Dans cet éclat de la simple nature,

Belle de soi, n'ayant pour seul atour

Que sa légère et volante ceinture,

Vénus se rend avec toute sa cour

A ce beau temple où l'annonce l'Amour.

Dans le vallon que ce temple couronne,

Sous les berceaux du bois qui l'environne,

Mille amoureux s'animaient en dansant.

Elle applaudit d'un regard caressant,

Et dit tout bas : « La fête sera bonne. »

Un peu plus loin, sous des myrtes fleuris,

Ses vieux soldats, ses vaillants émérites,

De leurs exploits lui demandent le prix

— « Allez, dit-elle, aimables sybarites

« Vers vous Bacchus acquittera Cypris;

« Chez lui la joie effacera vos rides,

« Il s'est chargé de tous mes invalides. »

Mainte coquette exprime ses regrets

De ne plus être à la fleur du jeune âge,

Se plaint, gémit et pleure ses attraits.

L'une voudrait retrouver son teint frais,

L'autre un amant, fût-il encor volage.

Vénus leur dit : — « Le Temps est un voleur ;

« A ses larcins on reconnaît ses traces.

« Pour rajeunir, ayez recours aux Graces :

« Ma faveur même y peut moins que la leur. »

En attendant ce retour de jeunesse,

Pour son usage une grande princesse

Modestement ne demandait, hélas !

Q'un seul amant qui ne fût jamais las.

— « On n'en fait plus, » lui répond la déesse.

Certaine prude, afin de mieux garder

La bienséance, et ne rien hasarder,

Voudrait avoir au besoin, sans scrupule,

Dans son boudoir un automate Hercule

Qui, par ressorts à son gré se mouvant,

Lui tiendrait lieu d'un Hercule vivant.

L'invention par Vénus fut goûtée.

— « J'en parlerai, dit-elle, à Prométhée,

« C'est un artiste en prodiges fécond.

« S'il en fait deux, vous aurez le second. »

Ainsi Vénus fend la foule, et s'avance

Jusqu'à son temple. A ce temple immortel

Des bouts du monde on vient en affluence.

Le feu sans cesse y brûle sur l'autel ;

Le plus petit, le plus grand personnage,

Du Gange au Nil, du Tage à la Néva,

A cet autel font un pèlerinage,

Et nuit et jour l'un en vient, l'autre y va.

Sous le portique, où le bronze respire,

Tous les héros de l'amoureux empire

Ont leur statue. Ariane, Didon,

Thisbé, Sapho, Cléopâtre, Julie,

Vous dont l'amour fut la douce folie,

Et vous à qui le plaisir fit un nom,

Laïs, Glycère, Aspasie et Ninon,

Vous décorez les dortoirs d'Idalie.

Les plus grands cœurs que l'Amour ait vaincus,

Vous, Soliman, Périclès, Théodose,

Alcibiade, Antoine, Séleucus,

Sur un beau sein chacun de vous repose.

Plus grand encor, Alcide paraît là,

Environné des cinquante pucelles

Qu'en s'amusant un soir il viola.

Le jeune Achille est entouré de celles

A qui lui-même en fraude il se mêla.

Le beau Pâris, dans le temple de Gnide,

Tient bonne place, et pour bonne raison.

Mais on n'y voit ni le triste Jason,

Ni ce Thésée, amant faible et perfide,

Ni des Troyens le héros insipide,

Quoiqu'il se dît l'enfant de la maison.

On voit aussi, sous le même portique,

Du beau moderne à côté de l'antique.

Là, nos Français, que l'amour a polis,

Preux chevaliers, ceints de myrte et de lys,

Semblent encor voler de belle en belle.

Plus d'un pourtant fut heureux et fidèle.

Les Amadis, les Rogers, les Rolands,

Et mille encor que les même talents

Ont signalés, mais qu'il est inutile

Que je vous nomme, ornaient ce péristyle.

Des vrais amants aucun n'est oublié ;

Mais les honneurs sont réglés au plus juste :

Qui fut heureux en aimant est en pié ;

Qui n'a qu'aimé sans jouir est en buste.

O mes amis, bornons tous nos désirs

A mériter un jour la même gloire.

Un petit coin au temple des plaisirs

Vaut mieux qu'un trône au temple de mémoire.

Vénus arrive au milieu des concerts.

Tout retentit de cantiques sublimes ;

Des flots d'encens s'élèvent dans les airs ;

Et vers l'autel s'avancent les victimes :

Jeunes beautés, à l'œil vif, au teint frais,

Aux dents de perle, au sein blanc comme neige ;

Jeunes garçons, au sortir du collège,

Tous libertins, tous jolis et bien faits.

Pudeur ! sans toi comme je les peindrais !

On les couronne ; Amour les initie ;

Et deux à deux, blessés des même traits,

En soupirant chacun le remercie.

Chacun promet d'aimer jusqu'au tombeau,

Et par-delà, s'il survit à lui-même,

Ce que le ciel a formé de plus beau,

Car c'est ainsi que l'on voit ce qu'on aime.

Vénus sourit, et dit à chaque amant :

— « Oui, je vous crois ; aucun de vous ne ment.

« Vivez unis ; tant mieux si cela dure !

« Vous l'espérez ; j'en accepte l'augure.

« Mais point de gêne et point d'engagement.

« Avec plaisir je reçois le serment,

« Et sans humeur je verrai le parjure. »

Alors se lève un jeune et beau docteur

Qui, d'Épicure éloquent sectateur,

Fait de Vénus l'éloge le plus ample.

— « Elle n'a point, dit l'aimable orateur,

« Borné sa gloire à l'enceinte d'un temple.

« Son culte embrasse et la terre et les cieux.

« L'astre du jour, dans sa course féconde,

« Échauffe, anime, électrise le monde

« Moins que Vénus, d'un regard de ses yeux.

« A son attrait à l'envi tout se livre.

« Elle adoucit les monstres des déserts.

« Partout, sans cesse, on brûle de la suivre ;

« Et jusqu'aux bords qu'assiègent les hivers,

» On vit par elle, et pour elle on veut vivre.

« Suivez, mortels, cet instinct glorieux :

« C'est le plaisir qui vous égale aux dieux.

« Mais à quoi bon vous animer encore?

« Jeunes, charmants et surtout vigoureux,

« Vous n'aspirez qu'au moment d'être heureux.

« Allons, Amour! Ce peuple qui t'adore,

« Sent comme moi l'aiguillon du désir.

« Ouvre, il est temps, la barrière au plaisir;

« Nous allons voir un nouveau monde éclore. »

Ces vers, mieux faits que je ne vous les dis,

Furent goûtés, tout bas même applaudis.

Et dans l'instant la belle Cythérée,

D'encens, de gloire et d'amour enivrée,

Se rend au cirque à ses jeux solennels :

Ceux d'Apollon, de Neptune et d'Alcide,

Aux champs de Delphe, à Corinthe, en Élide,

Sont abolis; les siens sont éternels.

Dans ce tournois, qui termine la fête,

Vingt mille amants sont rangés tête à tête

Sur le glacis, doucement incliné,

D'un gazon frais, tendre, souple, élastique,

Théâtre immense, au plaisir destiné,

Dont un bois sombre est l'auguste portique :

Sur un sopha qui s'élève au milieu,

Vénus paraît avec son jeune dieu.

L'essaim brillant des plaisirs l'environne.

On voit le faune avec elle enchaîné ;

On voit l'Amour, comme un enfant bien né,

Mettre à ses pieds son arc et sa couronne.

Le peuple attend que le signal se donne,

Et dans l'instant le signal est donné.

Incontinent, tel qu'un feu d'artifice

S'élève en gerbe et sillonne les airs,

Tels, au moment de ce grand sacrifice,

Cent mille amours, plus prompts que les éclairs,

Partent ensemble, et leur flamme propice

D'un pôle à l'autre embrase l'univers.

Cela veut dire, en langage vulgaire,

Qu'on fait partout ce qu'au faune on voit faire.

Qu'il était beau ! qu'il fut bien secondé !

Tel à Rocroi l'on vit le grand Condé,

Sur un coursier qui portait la victoire,

Donner l'exemple aux amants de la gloire.

Les dieux, du haut des lambris étoilés,

D'un œil jaloux observant cette fête,

Sentent le feu qui leur monte à la tête.

— « Quoi! disent-ils, sommes-nous mutilés

« Ou dans le ciel sommes-nous exilés?

« Que fais-je ici! le beau temps et la pluie,

« Ou quelquefois de brillants serpenteaux,

« Dit Jupiter. Quoi! jusqu'aux végétaux,

« Là-bas tout aime, et chez moi je m'ennuie!

« Suis-je donc fait pour garder les manteaux?

« Non, pour moi-même il est temps que je vive.

« A moi, mon aigle, et qui m'aime me suive. »

En vain Junon, le voyant si dispos,

Le conjurait de lui rester fidèle.

— « Y pensez-vous? Une femme immortelle,

« Dont le mari ne sera jamais veuf,

« Serait, dit-il, encore assez cruelle

« Pour exiger qu'il ne vît rien de neuf,

« Et que sans cesse il fût occupé d'elle!

« C'est se moquer, madame, aimez ailleurs;

« Prenez-en dix des plus beaux, des meilleurs :

« La loi doit être égale et mutuelle :

« Je m'y soumets en dépit des railleurs;

« Mais entre nous point de chaîne éternelle.

« Tout doit changer : c'est l'arrêt du Destin;

« Et j'ai besoin d'une femme nouvelle. »

Ainsi parla notre vieux libertin.

Des courtisans un prince est le modèle.

Aussi les dieux, à lui plaire occupés,

Dès qu'ils l'ont vu s'élancer sur son aigle,

Quittant l'Olympe, en chevaux échappés,

Dans leurs désirs n'ont plus ni frein ni règle.

Les voilà donc parmi nous descendus,

Sur ces gazons les voilà répandus,

Mais dépouillés d'une gloire importune,

Et sans façon dans la foule étendus,

L'un sur la blonde, et l'autre sur la brune.

Le fils d'Alcmène et le dieu des combats,

L'ardent Pluton, l'impétueux Neptune,

Jupiter même, en prenant ses ébats,

N'est plus ici qu'homme à bonne fortune.

Dieux et mortels, dans le cirque amoureux,

Sont tous égaux, car ils sont tous heureux.

Et dans le ciel que faisaient les déesses?

Bon! dans le ciel les croyez-vous encor?

Elles ont fait comme dans l'âge d'or,

Couru les bois en nymphes chasseresses,

A tous venants prodigué leurs caresses,

19

Ou, sous des traits dans le monde inconnus,

A cette fête arrivant déguisées,

Leurs déités se sont humanisées ;

Et Junon même est au bal chez Vénus.

Or, en cherchant quelqu'un qui la console,

Dans un bosquet elle rencontre Éole,

Qui culbutait une nymphe. — « Halte-là !

« Traître, dit-elle, en le prenant... par-là,

« Où sont tes vents, ta pluie et ton orage ?

« Quoi ! des zéphyrs, et pas un seul nuage !

« T'avais-je, ingrat, demandé ce temps-là ?

« Viens m'apaiser, car je suis d'une rage !... »

Pris de façon à ne pas biaiser,

Le pauvre dieu travaille à l'apaiser.

Quand Jupiter, qu'on était loin d'attendre,

Passe et les voit, croit d'abord se méprendre.

— « Eh quoi ! dit-il, vous, ma femme, ici-bas,

« Laisser ainsi profaner vos appas,

« Et par un dieu d'une espèce aussi mince,

« Au coin d'un bois, en nymphe de province !

« Dans cet état vous êtes belle à voir !

« Je vous l'ai dit, je permets la licence ;

« Mais, en laissant de côté le devoir,

« Encor faut-il garder quelque décence.

« N'avez-vous pas dans l'Olympe un boudoir ? »

A son aspect, le dieu des vents s'arrête,

Le suppliant d'être bien convaincu

Que ce n'était qu'en faveur de la fête...

— « Éloigne-toi, vil souffleur de tempête,

« Dit Jupiter, ne me romps pas la tête ;

« Le roi des dieux ne peut être... vaincu. »

Junon, piquée et même un peu confuse

Que son époux eût surpris sa vertu

Dans un état qui n'a guère d'excuse,

Avec humeur se relève, et l'accuse

De ne jamais la laisser en repos,

Et d'arriver toujours mal à propos.

« C'est bien à vous, dit-elle, de vous plaindre !

« J'ai trop souffert, je suis lasse de feindre. »

Et la voilà rappelant tous les tours

Qu'il lui faisait dans ses folles amours.

— « Comment, dit-il, c'est elle encor qui gronde !

« Elle eût voulu qu'à son aise, à loisir,

« On la laissât se donner du plaisir !

« Mille carreaux !... » Le souverain du monde

Fronçait déjà ses sourcils orageux,

Et la Discorde allait troubler les jeux,

Lorsque Vénus, descendant de son trône,

Après avoir, d'un regard tendre et doux,

Du couple auguste apaisé le courroux,

En souriant leur présente son faune.

— « Dieux immortels, je vous demande à tous

« S'il est, dit-elle, assez digne de vous. »

Les faits ouïs, la neuvaine décrite,

Tous ses rivaux, même les plus jaloux,

En gens d'honneur rendent gloire au mérite.

— « Venez, mon gendre, et soupez avec nous,

« Dit Jupiter : ce sera chez ma fille.

« Je veux ce soir m'enivrer en famille.

« Demain matin l'Olympe radieux

« Sera témoin de votre apothéose;

« Car le Destin, dont ma fille dispose,

« A dit ces mots, consignés dans les cieux :

— « Quand il lui plaît, la beauté fait les dieux. »

NOTES DU CHANT NEUVIÈME.

PAGE 138, VERS 18.

Thisbé, Sapho, Cléopâtre, Julie.

L'aventure de Pyrame et Thisbé est trop connue pour qu'il soit besoin de la rappeler ici.

PAGE 139, VERS 13.

Ni ce Thésée, amant faible et perfide.

Thésée. Les poètes le désignent souvent sous le nom d'Érecthide, parce qu'on le regardait comme un des plus illustres descendants d'Érecthée. On rapporte plusieurs traits du courage et de la force dont Thésée fit preuve dès ses premières années. Les Trézéniens contaient qu'Hercule, étant venu voir Pitthée, quitta sa peau de lion pour se mettre à table. Plusieurs enfants de la ville, entre autres Thésée, qui n'avait que sept ans, attirés par la curiosité, étaient accourus chez Pitthée; mais tous eurent grand'peur de la peau de lion, excepté Thésée, qui, arrachant une hache des mains d'un esclave et croyant voir un lion, vint pour l'attaquer.

Égée, avant de quitter Trézènes, mit sa chaussure et son épée sous une grosse roche, et ordonna à Éthra de ne pas lui envoyer son fils à Athènes, qu'il ne fût en état de lever cette pierre. A peine Thésée eut-il atteint l'âge de seize ans, qu'il la remua et prit l'espèce de dépôt qu'elle recélait, au moyen duquel il devait se faire reconnaître pour le fils d'Égée. Arrivé secrètement à Athènes, il parut tout d'un coup avec une robe traînante et de beaux cheveux qui flottaient sur ses épaules; et, s'approchant du temple d'Apollon delphinien, qu'on achevait de bâtir et dont il ne restait plus que le comble à faire, il entendit les ouvriers qui disaient en riant : « Où va donc cette belle grande fille ainsi toute seule? » Il ne répondit rien; mais, ayant dételé deux bœufs qui étaient près de là à un chariot couvert, il prit l'impériale du chariot et la jeta plus haut que les ouvriers qui travaillaient à la couverture du temple.

Thésée, avant de se faire reconnaître pour héritier du trône d'Athènes, résolut de s'en rendre digne; la gloire et la vertu d'Hercule l'aiguillonnaient vivement. Bientôt après, il vint à Athènes pour s'y faire reconnaître : il trouva cette ville dans une étrange confusion. Médée y gouvernait sous le nom d'Égée; et, ayant su l'arrivée d'un étranger qui faisait beaucoup parler de lui, elle tâcha de le rendre suspect au roi, convint même de le faire empoisonner dans un repas que le roi devait lui donner. Mais, au moment où Thésée allait avaler le poison, Égée reconnut son fils à la garde de

son épée et chassa Médée, dont il découvrit les mauvais des-
seins. Les Pallantides, voyant Thésée reconnu, ne purent
cacher leur ressentiment et conspirèrent contre Égée, dont
ils se croyaient les seuls héritiers. La conspiration fut découverte et dissipée par la mort de Pallas et de ses enfants, qui
tombèrent sous les coups de Thésée; mais ces meurtres,
quoique jugés nécessaires, obligèrent le héros à se bannir
d'Athènes pour un an, et, après ce temps, il fut absous au
tribunal des juges qui s'assemblaient dans le temple d'Apollon delphinien.

Les Athéniens, longtemps après sa mort, lui rendirent
les honneurs funèbres. Plutarque rapporte qu'à la bataille
de Marathon on crut voir ce héros en armes, combattant
contre les Barbares; que, les Athéniens ayant consulté là-
dessus l'oracle d'Apollon, il leur fut ordonné de recueillir
les os de Thésée, ensevelis dans l'île de Scyros, de les placer
dans le lieu le plus honorable et de les garder avec soin.
L'embarras fut de trouver ces os : pendant qu'on les cher-
chait de tous côtés par les ordres de Cimon, il vit heureusement un aigle qui becquetait un lieu peu élevé et tâchait de
l'entr'ouvrir avec ses serres. Frappé d'abord comme d'une
inspiration divine, dit l'historien, il fit fouiller dans le même
endroit et trouva la tombe d'un fort grand homme avec le
fer d'une pique et une épée. Cimon fit transporter le tout à
Athènes; ces restes du héros furent reçus par les Athéniens, et il y eut des processions et des sacrifices, comme
si c'eût été Thésée lui-même qui fût revenu. On les déposa
dans un superbe tombeau élevé au milieu de la ville, et, en

mémoire du secours que ce prince avait donné aux malheu-
reux pendant sa vie, et de la fermeté avec laquelle il s'était
exposé aux injustices, son tombeau devint un asile sacré
pour les esclaves; ensuite on lui bâtit un temple dans lequel
il reçut des sacrifices le huitième de chaque mois, outre une
grande fête qu'on lui assigna au 8 octobre, parce qu'il était
revenu ce jour-là de l'île de Crète.

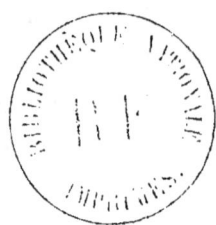

TABLE

TABLE

CHANT PREMIER.

Sommaire. — Préférence donnée par le poète à tous les sujets mythologiques. Vénus s'endort dans un bosquet, et son sommeil est enchanté par un songe voluptueux : un faune arrive, en profite, et lui plaît. Vénus le fait monter avec elle sur son char.

CHANT DEUXIÈME.

Sommaire. — Le faune et Vénus traversent la plaine azurée. Description du voyage. Vénus fait remarquer au faune que, sur la terre, tous les mortels sont heureux d'aimer ; mais tout à coup le ciel s'obscurcit, les nuages s'amoncellent; c'est la Jalousie qui veut susciter un orage pour troubler le bonheur des deux amants.

CHANT TROISIÈME.

SOMMAIRE. — La Jalousie va se plaindre aux dieux de la conduite de Vénus; tous ceux qu'elle a dédaignés, furieux de voir qu'elle préfère un faune, se plaignent à Jupiter. Mars se rend aux antres de Lemnos, saisit le tonnerre et le lance au char des amants; mais Jupiter arrive, rend le calme au ciel, et les amants dirigent leur course vers Cythère.

CHANT QUATRIÈME.

SOMMAIRE.— Les amants arrivent à Cythère : tous les Amours viennent au-devant de Vénus; les Graces les suivent, et conduisent leur mère à son palais. Description du jardin. Vénus descend au bain; le faune l'accompagne, et les Graces s'éloignent.

CHANT CINQUIÈME.

SOMMAIRE. — Vénus remet sa ceinture et engage le faune à aller voir l'Amour; elle lui fait admirer son fils endormi, et lui raconte qu'elle est allée consulter le Destin sur l'ennui qu'elle éprouvait, et qu'il lui a annoncé que tous ses chagrins finiraient aussitôt qu'elle aurait conçu l'Amour. Vénus, transportée, s'incline pour embrasser son fils; mais le faune fait du bruit, l'Amour se réveille, et ils vont souper tous les trois.

CHANT SIXIÈME.

SOMMAIRE. — Le faune se met à table avec Vénus et l'Amour; les Graces
prennent leur lyre. Aglaé peint l'enfance de l'Amour et ses conquêtes,
les amours d'Antiope et de Pasiphaé, etc., etc. Thalie chante et danse
un dithyrambe en s'accompagnant du tambourin; mais son chant est
si animé et si expressif, qu'un vertige soudain s'empare de tous ceux
qui écoutent, et on se livre aux plus bruyants transports.

CHANT SEPTIÈME.

SOMMAIRE. — Les amants se couchent, et l'Amour va demander à l'Aurore
un beau jour pour la fête de Vénus, que l'on célèbre le lendemain :
l'Aurore l'écoute avec intérêt et paraît disposée à lui tout accorder,
mais elle y met une condition; elle lui raconte le chagrin que lui cause
la vieillesse précoce de Tithon, et lui demande son rajeunissement :
l'Amour lui indique un moyen, et l'Aurore, enchantée de voir qu'il
réussit, lui promet le plus beau jour qui ait jamais lui pour l'univers.

CHANT HUITIÈME.

SOMMAIRE. — Junon, qui déteste Vénus depuis le jugement de Pâris, et
qui ne peut lui pardonner d'avoir eu la pomme destinée à la plus belle,
a résolu de troubler sa fête; elle va trouver Éole, et la fière déesse
obtient de lui qu'il déchaînera les vents; déjà on aperçoit des traces
de leur passage : des vaisseaux sont brisés, des arbres déracinés, etc., etc.,
lorsque l'Aurore, reconnaissante des bontés de l'Amour, apaise les
vents, et rend au ciel sa sérénité. Vénus et le faune s'éveillent en
ce moment.

CHANT NEUVIÈME.

Sommaire. — Vénus se lève, et sa parure n'est qu'un négligé galant : elle se rend à son temple ; elle est longtemps en route, parce qu'elle est obligée de répondre à toutes les demandes des vieillards, des coquettes, des prudes, etc., etc. Description du temple de Vénus. Junon rencontre Éole, et lui fait les plus vifs reproches de ce qu'aucun orage n'a éclaté ; Éole veut se justifier : Jupiter se mêle de cette discussion ; Junon veut répliquer, et la querelle commençait à devenir grave, lorsque Vénus descend de son trône et réconcilie les deux époux en leur présentant son faune.

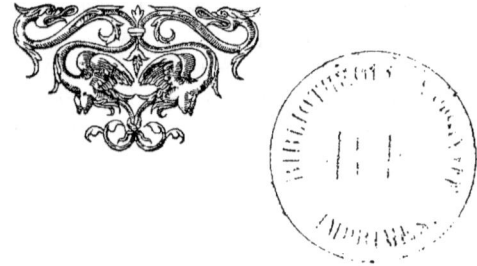

Éditeur de :

...SE COMÉDIENNE, ou histoire de ...in, femme et veuve de Molière. — ...pression conforme à l'édition de Franc- ...t, 1688. In-12 avec 2 jolis portraits d'Ar- ...mande Béjart. 500 exemplaires numérotés.
Papier ordinaire .... 4 fr.
Papier vergé .... 6 fr.

SOUVENIR D'UNE EXCURSION PITTO-
RESQUE DANS LE QUERCI. — Grand in-8°
jésus, texte gravé, 25 eaux-fortes dans le
texte. Tiré à 100 exemplaires numérotés.
Bistre, bleu ou sanguine......... 8 fr.
Chine monté .... 10 fr.

LA RAPINÉIDE, ou L'ATELIER. — Poème
burlesco-comico-tragique en 7 chants, illustré de 15 eaux-fortes dans et hors texte; têtes
de page et culs-de-lampe. In-12 vergé. 8 fr.
Grand papier de Hollande .... 10 fr.

LA LUCIADE, ou L'ANE DE LUCIUS DE PA-
TRAS. — Traduction de P.-L. Courier, avec
le texte grec en regard. In-12, papier vélin;
8 figures dans le goût antique ..... 10 fr.

L'ŒUVRE ORIGINALE DE VIVANT DENON.
— Suite de 317 planches formant la collection la plus variée pour l'étude de la gravure
à l'eau-forte ; avec une notice très-détaillée
sur l'auteur et sur son œuvre, par M. ALBERT
DE LA FIZELIÈRE.
2 magnifiques vol. in-4° colombier. 200 fr.
Il a été tiré 38 exemplaires en grand
papier de Hollande .... 300 fr.
Et 10 exemplaires en même papier avec
double suite des planches en noir et sanguine .... 400 fr.
Les Priapées ne se vendent pas séparément.

GALERIE THÉATRALE, ou collection de 144
portraits d'acteurs et d'actrices qui ont illustré la scène française depuis 1552 jusqu'à
nos jours.
2 volumes in-4° jésus vélin .... 200 fr.
Les portraits sont gravés en pied, colo-
riés au pinceau et rehaussés d'or et d'argent fin.

LE PANTCHA-TANTRA, ou LES CINQ RUSES,
contes indiens. 1 volume in-8° de 32 pages,
orné de 15 eaux-fortes par L. PETIT.
Papier vergé .... 8 fr.
Papier vélin .... 12 fr.

L'ÉLOGE DU SEIN DES FEMMES. 4e édition,
revue, annotée et considérablement augmen-
tée. Illustré de 15 jolies vignettes sur bois.
Grand papier vélin............. 15 fr.
Tous les autres papiers sont épuisés.

RECUEIL DE PIÈCES RARES ET FACÉ-
TIEUSES anciennes et modernes, en vers et en
prose, remises en lumière pour l'esbattement
des pantagruélistes. 4 volumes illustrés de
107 vignettes sur bois dans et hors texte,
13 eaux-fortes tirées à part et lettres ornées.
Papier vergé in-8° couronne...... 64 fr.
— vélin in-8° carré .... 80 fr.
— Chine.................. 96 fr.
Ce recueil, unique comme réunion de pièces
facétieuses, ne contient pas moins de 53 pièces,
non compris le *Plat de Carnaval*, qui à lui
seul renferme plus de cent contes tous plus
désopilants les uns que les autres. Cette collection résume, pour ainsi dire, tout ce qui a
été composé de plus original dans tous les
genres, depuis le xve jusqu'au xixe siècle.

CONTES DE LA FONTAINE, édition dite des
fermiers généraux. 2 volumes in-8° ornés de
85 gravures à part dessinées par EISEN, et de
74 vignettes, têtes de page et culs-de-lampe
dessinés et gravés par CHOFFARD.
Tiré à 1004 exemplaires tous numérotés.
Il ne reste plus de cette édition que des
exemplaires en grand papier cavalier, incom-
plets des 13 gravures condamnées, au prix
de 100 francs.

ALPHABET DE L'IMPERFECTION ET MALICE
DES FEMMES, par JACQUES OLIVIER, licencié
aux loix et en droict canon. 1 vol. in-8° écu
vergé orné de 40 eaux-fortes et de 22 culs-de-
lampe...................... 32 fr.
Grand papier de Hollande.... 40 fr.
Carré chine avec double suite
sanguine des eaux-fortes........ 50 fr.
Raisin Whatman........... .. 60 fr.
Peau vélin de veau........... 600 fr.

LES AVENTURES DU GOUROU PARA-
MARTA, conte facétieux traduit de l'indien
par l'abbé DUBOIS.
1 volume in-8° carré orné de 134 dessins
dans le texte et 21 eaux-fortes tirées
dans et hors texte............... 8 fr.
Raisin vergé................ 16 fr.
Raisin chine................ 24 fr.
Carré japonais .... 40 fr.

TRAICTÉ DE LA FORME ET DEVIS COMME
ON FAICT LES TOURNOIS, par Olivier de
la Marche, Hardouin de la Jaille, Ant. de la
Sale, etc., mis en ordre par BERNARD PROST,
archiviste du Jura.
1 beau volume in-8° raisin, papier de la
maison Morel, enrichi de 16 magnifiques
planches, dont 9 doubles, coloriées au pinceau avec le plus grand soin et rehaussées
d'or.
258 exemplaires papier vergé... 50 fr.

LA NEUVAINE DE CYTHÈRE, par MARMONTEL,
in-8° raisin vergé, orné de 9 vignettes et
portrait .... 20 fr.
Raisin vélin .... 24 fr.
Raisin chine.................. 28 fr.
Raisin Whatman.............. 50 fr.
Jésus vergé....... .... 32 fr.
Jésus vélin .... 40 fr.
Peau vélin de veau............. 600 fr.

PARIS. — Impr. J. CLAYE. — A. QUANTIN et Cie, rue Saint-Benoît. — [489]

www.ingramcontent.com/pod-product-compliance
Lightning Source LLC
Chambersburg PA
CBHW070904030726
47504CB00005B/1457